中國古典文學基本叢書

查慎行詩文集

第四册

〔清〕查慎行 著
范道濟 輯校

中華書局

本册目録

敬業堂詩集卷三十
隨輦集

敬業堂詩集卷三十一

直廬集

敬業堂詩集卷三十二
考牧集

敬業堂詩集卷三十三

甘雨集

敬業堂詩集卷三十五
還朝集

敬業堂詩集卷三十八

敬業堂詩集卷二十九

赴召集起壬午十月，終癸未五月。

赴召紀恩詩并序

欽惟我皇上聖德神功，遠邁千古。薄海内外，含生戴性之倫，無一民不被仁恩，無一物不沾麗澤。巍巍蕩蕩，謳頌難名。屬者黄河底績，鑾輅南巡，警蹕無聞，輕裝減從。貿載不遷夫市肆，耕犁不輟乎農郊。回陽春於青霜白雪之辰，駐宿衛於蔀屋茅簷之下。無非勤求郅理，念切民依。臣東海鯫生，偶客畿輔，竊聞駕涖德州，方與田夫野老抃舞歡欣，共效昇平之頌。乃今十月十七日直隸巡撫臣李光地傳旨，召臣趨赴行在。臣即於臣子克建東鹿縣署中，星馳就道，匐伏宫門。伏念臣齠齡失學，壯歲居貧，年逾四十，始舉於鄉，三上禮闈，未成一第。自惟賦命蹇鈍，寸進無階，幸逢堯舜之君，自甘畎畝之樂，不知微賤姓名，何由上達。聞命之下，慚恧徊徨，罔知所措，敬賦紀恩詩二章，恭呈御覽，可勝惶悚之至。

其一

聖謨平土奏安瀾，詔舉時巡萬國歡。樬鼓無聲傳過輦，場功初畢候鳴鑾。恩波先沛三春雨，瑞雪都忘十月寒。微賤不知天上事，謳歌遥向彩雲端。

其二

睿藻紛繽布九垓，麗天雲漢竝昭回。是日，頒賜山東大小臣僚御書數十幅。觀光豈獨臣鄰喜，就日争隨父老來。作息自安歌帝力，旁求何幸及凡材。祇應聖主同元化，雨露沾濡到草萊。

二十日召赴行宫欽賜御書程子視箴一幅恭紀十六韻

警蹕除黄道，周廬列紫垣。勤民同舜禹，邁德媲羲軒。户户安淳俗，人人覲至尊。萬幾多暇豫，八法自騰騫。龍鳳争跳蕩，虹霓互吐吞。祥光昭法象，健體協乾元。揮霍風雲勢，涵濡雨露痕。堯文紛焕采，宓畫久窮源。徧渥奎章賜，仍傳詔旨温。頒來皆琬琰，捧出盡瑶琨。下逮慙孤梗。殊榮荷九閽，瞻天初見日。學古莫窺藩。箴守儒家説，書驚御筆援。祇承雖往訓，敬凛即王言。拜舞隨寮寀，珍藏示子孫。傳家何以報，世世頌君恩。

二十八日召試南書房自此奉旨每日入直。

屢下南宫第，俄聞秘閣開。一經雖舊習，六論本非材。宋時秘閣試六論。不敢他途進，終慙特召來。平生無夢想，今日到蓬萊。

與揆愷功學士同試南書房感舊成句

天上青雲客，人間白雪翁。交新雙闕下，話舊十年中。詩讓揮豪速，文慙起草工。宋時秘閣試論至蘇子瞻始起草。薦賢名偶玷，慙愧躡追風。是日，召試十二人〔一〕，欽定愷功第一，余第二。

〔一〕「是日召試十二人」，《原稿》作「十六日，御試《宋高宗論》」。

南書房敬觀宸翰恭紀有序

康熙四十一年十一月初八日，上御乾清宫，發御書一千四百二十七幅，命大學士臣張玉書、吏部尚書臣陳廷敬、工部尚書臣王鴻緒、副都御史臣勵杜訥、右諭德臣查昇展閲分類，以備頒賜。臣慎行亦得隨諸臣後，仰瞻天日之光，洵有生之奇遇，人世所罕覯者也。欽惟我皇上天亶聖姿，日新盛德。法乾行之健，殫聖學之勤。業懋功純，光華炳燿。深宫無逸，游藝入神。自真書以及行草，由小楷以至擘窠，或臨倣諸家，或親書聖製，有美畢萃，無體不兼。此雖古來專工八法，終身矻矻，自名一家，未有如是之多而且精者。而臣於拜觀宸翰之下，仰見我皇上神功聖德，冠絶千古者，更有蠡測焉：伏讀御製《北征》、《凱旋》諸詩，廟謨獨斷，勝算萬全，首惡伏辜，餘寛祝網，闢版圖未闢之地，臣史策未臣之邦。我皇上宏猷偉略，冠絶千古者，其一也；伏讀御製《巡視河工》、《省方》、《問俗》諸詩，奠九有以敉寧，恐匹夫之不獲；萬姓已共安於耕鑿，一人恒自處於先勞。遂致湖海安流，黄、淮底績，我皇上仁民阜物，冠絶千古者，又其一也；伏覩御書《大學》聖經一章，旁至往喆先賢，格言銘序，抉其精微，摘其奥義，采諸儒之懿訓，成昭代之典謨，獨於程、朱二子則不書其名，我皇上崇儒重道，冠絶千古者，又其一也；伏覩御書，於晉、魏、六朝以逮唐、宋、元、明諸臣名蹟，無不手橅心賞，要皆棄所短而取所長，集古今之大成，爲帝書之第一。而紙尾必署云：「臨某某書」，我皇上聖不自聖，冠絶千古者，又其一也。臣一介微賤，遭逢盛事，千載一時，舞蹈謳吟，自不能已，譬諸秋蟲春鳥，生覆載之内，亦知鳴天地之恩。恭賦七言絶句十二章，以紀榮遇，謹拜手稽首以獻。

其　一

玉檢初開五色煙，淋漓元氣滿中天。宵衣旰食無多暇，更洒雲藍十萬牋。

其　二

咫尺丹霞映玉清，觚稜日射八窗明。忽聞風雨來天半，知是君王落筆聲。

其　三

一畫真成萬世師，捧來千幅更神奇。銀河直與宸居接，無數蛟龍起墨池。

其　四

金薤銀鈎結搆新，争看入聖又超神。即論藻采輝煌色，萬古羣推第一人。

其　五

璧合珠連琰琬垂，蠡應難測管難窺。欲知伐叛安民略，看取親書御製詩。

其　六

遠自鍾王溯褚虞，百家一一手臨橅。兼長迥出專家上，要令諸臣奉楷模。

其七

霞蔚雲蒸露未乾，盡收造化入毫端。萬鈞腕力皆天授，欲補虞戈一筆難。

其八

良工巧匠日礲磨，淵鑒新鐫勝永和。不似當年淳化閣，帝王法帖本無多。

其九

朝退香煙護紫宸，御床緗帙展佳辰。緑雲新斲松花硯，特撤文房賜老臣。

其十

書訣原從主敬來，數行御札日星開。可知筆正由心正，入直多聆聖訓回。

其十一

鳳翥鸞翔勢莫攀，皇恩次第及千官。九重日月無私照，有目皆容仰面看。

其十二

禁庭纔到便沾榮，深愧無才答聖明。强作蕪詞比謡諺，堯文巍焕本難名。

冬雪十二韻

朔候連三白，同雲匝萬家。縱横迷地軸，瀰汗極天涯。樓閣高逾見，簾櫳薄易遮。漸從疏處密，忽向整時斜。老柳飛揚絮，枯梅頃刻花。氣沉千里雁，寒噤幾村鴉。暗掃遺蝗種，潛滋宿麥芽。逢年先應瑞，是玉必無瑕。積厚光摇海，平鋪勢展沙。歲功資醞釀，春事踵繁華。灞上吟情遠，山陰客棹賒。意中餘好景，留作畫圖誇。

爲泗州李蒼存題秋穫圖二首

其一

築屋不羡蕭貫之，種松莫學杜子師。西風吹熟半黄稻，又是牛健鴉嬌時。

其二

淮南第一山邊住，泗州南山，米芾以爲淮山第一山。渦口十年長苦饑。家書昨日報秋穫，勸爾有田胡不歸。

奉題大司寇新城公荷鋤圖

君臣際會唐與虞，文章政事誰不如。東家司寇魯大儒，品望獨與經術俱。晝日三接寵賚殊，城南甲第輝御書。帶經堂顏公手摹，復以繪畫煩鴻臚。禹之鼎。眼前浩蕩生江湖，歸夢曉落扶桑隅。齊州九點青糢糊，萬木陰陰猿鳥呼。春山欲雨雲作膚，風帆亂走隨鷗鳧。村深岸轉帶渚蒲，緑楊如煙際平蕪。中有一翁行荷鋤，我公豈是山澤臞。神仙標格蒼眉須，朝衫野服兩弗拘。良田二頃宅一區，人生此境何可無。虞廷當時少此圖，盛事缺載《皋陶謨》。

蠶尾山圖再爲新城先生賦三首

其　一

依然小泊洞庭旁，公自扁舟興不忘。試向東山看月出，繞身三十里湖光。

其　二

勿論石室與金庭，畫裏迴源别有亭。七十二峯遮不斷，别添蠶尾一痕青。曾見趙松雪《峼華秋色圖》，疊尾一峰，青出羣山之外。

其　三

千秋讌籍記東平，天寶詩人舊有名。從此人間長見畫，故鄉山水屬先生。

送楊既明倅廬州兼寄張建陽太守

薊北冰霜動早梅，淮南驛騎已先催。春帆路轉藏舟浦，堠館花迎教弩臺。名郡風流輸半刺，世家子弟羨多才。桑枝麥穗君游政，何術能資佐理來。

擬玉泉山大閱二十韻

地闢丹稜沜，天開裂帛湖。連岡環北極，列曜拱中區。鞮譯銷氛氣，風雲蓄睿謨。不忘神武略，獨握帝王符。吉日將差馬，先期已祭貙。桓桓齊步伐，肅肅選車徒。野曠金鉦轉，沙平玉帳鋪。一人躬韎韐，九校勇馳驅。鵝鸛知兵法，龍蛇入陣圖。雪光明組練，寒律勁雕弧。憶昨三犂候，親征萬里逾。行間走英衛，麾下拔孫吴。撻伐聲靈在，韜鈐將相俱。詩人賡虎拜，士氣動山呼。振旅時方暇，回鑾日未晡。殊威宣逖土，同軌坦經涂。典禮因時舉，欃槍掃跡無。武功雖再纘，文德久覃敷。用遏昭無外，周防戒不虞。煌煌太平業，磐石鞏皇都。

盆中二咏吴元朗齋分賦

細　竹

一尺篣箟種，低抽碧玉簪。近人差免俗，待汝幾成林。不少交加翠，終輸瑣碎金。若爲鞭横逸，移向小庭陰。

早　梅

不隨千樹暗，東坡《梅花詩》：「江頭千樹春欲暗。」只似一枝斜。愛入詩人閣，難忘處士家。帶苔移客土，傍火發唐花。就我生春色，依依感歲華。

賦得歲寒堅後凋十二月十五日御試入直詞臣，奉旨同作，不用應制體。

物性終難改，天行歲有常。平時滋雨露，晚節煉冰霜。鶴骨清添勁，龍鱗老變剛。鬱葱生意在，寒律總春陽。

集汪東川祭酒齋賦得風潮泊島濱即次祭酒原韻

淼淼停征櫂，茫茫失遠汀。雲隨風脚黑，天偪浪頭青。礐石驚難定，鬖沙駭未經。直疑蜃氣化，孤島似浮萍。

奉和聖製咏雁恭次原韻立春後一日。

不戀江湖闊，仍爲北嚮鴻。羽毛知自愛，一一待春風。

恭和御製爲考試歎原韻十二月二十三日，考試各省學臣奉旨同作。

聖主嚴科詔，御製詩爲科場作。深期積習更。憐才程玉律，警俗發鐘聲。既往應知悔，將來勿任情。欽哉奉明命，勉矣立修名。

早春喜雪二十六日應皇太子令。

同雲迴合曙光中，恰喜占年兆歲豐。三白連緜餞殘臘，六花翔舞向東風。映空有色高逾見，到地無痕暖漸融。好借渡江梅柳意，亟裁詩句報春工。

彤庭雪霽二十七日應皇太子令。

曈曈霽色啓黄扉，瑞靄遥生旭日暉。白玉堦墀增皎潔，丹霄臺殿倍光輝。融成雨露滋仙境，化作陽和滿帝畿。共喜太平真有象，宫梅苑柳漸芳菲。

雪後與楊耑木編修步入後左門

净洗東華十丈塵，曉來聯袂向楓宸。誰憐舊日聞鷄伴，又作殘年踏鼓人。

除夕前一日晚出東華門口占示錢亮功

未許騎官馬，誰能借蹇驢。人憐三黜後，自歎二毛初。曉入蛩兼駏，昏歸步當車。峥嶸冰雪裏，草草歲將除。

京師與德尹守歲用少陵飛騰暮景斜句爲韻各賦古詩五首

其一

勞薪無停輪，弱羽宜退飛。與子各衰晚，初心尚依依。川流日夜東，造化一逝機。去者既不返，來者終安歸。百年幾寒暑，一夕毋相違。

其二

庭除帶積雪，門巷餘殘冰。雪後冰尚堅，寒光互稜層。照我頭上髮，射我窗上燈。我醉兩不知，流光兀騰騰。桑榆有餘暖，忍凍非汝能。

其三

寥寥夜向晨，冉冉歲云莫。豈無一樽酒，惜此佳節度。雕盤飣肥烹，彼嗜非余慕。鉼罌貯旨蓄，義取咄嗟具。天明有朝參，飽啖黄虀去。

其四

壯歲輕别離，東西浪驅騁。迴思疇昔事，過眼須臾景。明詔欻見徵，浮蹤合萍梗。半生參與商，此夕形隨影〔一〕。再拜感君恩，官似居鄉井。

〔一〕「此夕」，《原稿》作「末路」。

其五

兒孫在畿縣，兄弟居京華。計里五百餘，相望如褒斜。一門盡旅食，老境終思家。此時山中梅，苔枝應已花。吾方作歸夢，街鼓幸緩撾。

癸未元日乾清宫早朝

三陽景運翊佳辰，紫極傳來詔旨新。雙闕倚天晴帶雪，千門銜日曉除塵。金爐香引朝元路，銀燭光分待漏人。親見堯蓂初吐葉，龍飛四十二年春。

朝會樂器歌

康熙四十二年正月初二日入直南書房，蒙恩賜觀樂器：編簫一，鼓二，鐘一，黄麾一，塤一，篪一，柷敔一，退朝恭紀以詩。

《雲門》《咸池》及《大章》，制作肇自炎與黄。後來《韶夏》繼《濩武》，聲容綴兆遥相望。或云象功或象德，宫懸一一傳太常。洎乎秦漢寖失古，器雖尚在意渺茫。儒生好事强傅會，《蒼龍》《朱鷺》妄揣量。流傳往往入樂府，遂薦郊廟登明堂。豈知元音關運數，出與盛世鳴光昌。國家功崇德深厚，上有堯舜垂衣裳。八風從律星應紀，亭毒四序昭三光。一人穆穆慶交泰，多士濟濟歌元良。朝乾夕惕日不足，庭燎繼問夜未央。肅雝臨保本家法，儼覿列聖於羹墻。化成久道洽累洽，民返太朴仁風翔。懷柔河岳指帶礪，撫馭畿甸巡遐荒。北清狼望罷斥堠，南拓鰲背開封疆。圓顱方趾悉受吏，丹砮白雉争來王。麒麟在郊鳳巢閣，不貴異物夸禎祥。太和之氣彌宇宙，正賴雅樂爲宣揚。吾君神智况天縱，聖學孰測淵源長。精通緯數窮亥步，博極典墳追羲皇。黄鐘累黍辨清濁，太蔟截竹調陰陽。文成雲璈扣金石，詩就月窟諧宫商。伶官却立衆工伏，御製親授協律郎。豈惟神人胥悦豫，兼采法曲收遺忘。每逢朝賀必合樂，左右羅列東西廂。臣昨承恩預元會，摳衣肅拜丹墀旁。柘黄帕瞻黼座近，咫尺頫首心徬徨。廣庭雪花開蓂莢，朵殿日氣暾榑桑。乍聞鈞天動九奏，縹緲散入爐煙香。始終條理何暇晰，但覺盈耳聲洋洋。歸來惝怳疑夢寐，魯壁一夜聆鏗鏘。明朝詔許觀古器，始信大樂非絲篁。編鐘編磬列簨簴，楹鼓田鼓齊輝煌。旌麾奇綵繪螭虎，簫管逸韻含鸞凰。塤箎柷敔狀各異，据圖考證殊難詳。天生耳目不虚畀，帝錫聞見開聾盲。虞廷當日傳搏拊，鳥獸應節猶低昂。幸逢昌期邀異數，及與百爾偕趨蹌。歡心不覺同率舞，拜手敢謂希賡颺。矢詩遂歌記盛事，萬年願奉南山觴。

恩賜砥石山緑硯恭紀十韻

扁石登廊廟，良工費綱羅。出應逢盛際，名始著岩阿。養璞埋雲霧，呈材仰琢磨。潤流花上露，青刷雨中荷。眉子殊難匹，陶泓詎足多。祇宜供玉案，敢望賜鑾坡。染翰恩長被，含毫分已過。拜嘉誠異數，榮捧並詞科。彩筆濡雙管，隃糜試一螺。便應焚舊硯，涓滴浥餘波。

初四日雪中隨駕赴西苑夜宿自怡園賦呈揆愷功院長二首

其一

出城三十里，飛鞚不曾停〔一〕。萬樹忽凝素，一峰猶翠屏。渡橋欄宛轉，漱石水清泠。共識皇情豫，新畬二麥青。

〔一〕「鞚」，《原稿》作「殊」。

其二

獵獵風欹帽，飀飀雪點衣。林塘迷野徑，燈火候郊扉。東閣新詩好，梁園舊客非。謂西溟、東江。白頭憐我在，至性似君稀。

雪後與聲山紫滄同直暢春園二首

其一

西山帶雪高，寒光際青天。晨曦照積素，萬木中含煙。手把右丞詩，羣峰當我前。幸無塵事擾，兼以忘新年。

其　二

宛宛紫界墻，苑門開向東。直廬在小東門内。窅然深山意，近在十步中。林鳥已春聲，細泉生遠風。澄懷適有會，咏嘯何必同。

上元前三日自怡園觀燈上相國兼呈院長二首

其　一

碧香新試上元篘，詔許名園續舊遊。下直一行同繫馬，入門幾步便移舟。宫中詩句元才子，天下神仙李鄴侯。兩世恩光皆眼見，得陪賓從也風流。

其　二

二分明月一分燈，引入仙山第幾層。洞口煙霞濃似染，雪邊亭榭暖如蒸。林疎竹密參差見，逕轉廊迴取次登。却向江湖回白首，十年重到夢何曾。自癸酉以後，不到十年矣。

連日賜御饌恭紀

不識天厨味，頻驚出大官。調和從翠釜，珍重對金盤。腹儉捫應愧，恩深報漸難。翻防饑朔笑，待詔得加餐。

十四十五夜召入西苑賜觀煙火恭紀七言絶句八首〔一〕

〔一〕「苑」，《原稿》原作「苑」，後改作「廠」。

其　一

閣道中分十里墻，西山西繞御園長。夕陽消盡千峰雪，别吐紅雲捧玉皇。

其　二

不夜城邊宛轉通，廣場千步望玲瓏。欲知九曲黄河勢，只在仙人一掌中。

其　三

宫鴉飛盡暮天青，百萬燈如百萬星。併作晶瑩光一片，忽從銀海湧松亭。

其　四

火齊珊瑚竝陸離，山光林影互參差。静無人語來天上，微覺風摇五綵旗。

其　五

布置高低儼列墉，朦朧初被白雲封。流星一綫飛空去，匝地漫天盡燭龍。孟浩然《薊門觀燈》

詩：「薊門看火樹，疑是燭龍然。」

其　六

百道金蛇閃苑城，須臾萬鼓助砰輷。誤疑雷電前山起，勤政樓頭月正明。

其　七

綵棚高架起鰲山，銀燭光騰霄漢間。寧壽宫中扶輦出，太平天子奉慈顔。

其　八

虬箭聲遲玉漏中，年年行樂與民同。詞臣好紀昇平事，簫鼓連宵報歲豐。

恭祝萬壽詩十二章有序

竊聞純禧永錫，篤生有道。聖人景命長新，弘啓無疆曆服。詩歌嘉樂，先推之保佑天申；書衍疇圖，必極諸康寧壽考。既誕膺夫繁祉，自久享夫歷年。欽惟皇上，體天行健，如日之升。質文持五運之中，道法冠百王之上。嘉祥咸萃，統元會而保合太和；尊號弗居，屏顯榮而敦崇實政。推虞帝協中之化，欽恤何啻再三；師夏王補助之仁，蠲賑動盈千萬。澤流漳滏，則畿輔安瀾；功奠淮黄，則東南底績。舉曠典於時巡時邁，播鴻慈於養老養賢。凡兹德意之覃敷，悉本精神之强固。歲惟協洽，日在降婁，欣逢聖壽之期，適符大衍之數。於時和風翔洽，化日舒長。騎竹兒童，識天顔於過輦；扶鳩白叟，瞻佳氣於回鑾。由勳舊以逮懿親，自文臣以及武衛，獻三多之祝，稱萬歲之觴，莫不慶溢山呼，歡騰虎拜。臣慎行草莽陋質，僻左孤踪，遭遇聖明，召依禁近。臣之蒙恩拔擢，視多士爲獨優〔一〕。臣之感德頌颺，較羣工爲倍切。用敢不辭孃鄙，敬托謳吟，葵知向日，冀俯鑒夫寸心；蓂幸生階，思仰酬夫大造云爾。

〔一〕「優」，《原稿》作「先」。

其　一

瑞靄凝丹陛，祥煙擁紫宸。萬年三月節，四海一家春。禮樂調元化，謳歌屬聖人。敷天多望幸，特爲舉時巡。

其　二

睿慮周遐邇，皇猷冠古今。堯階三尺土，舜樂五絃琴。德自重熙洽，恩沾壽考深。萬方均樂育，帝謂本無心。

其　三

見説山東叟，欣觀德化成。蠲租憐歲儉，賜粟惠春畊。不息天行健，無私帝好生。活人餘百萬，軫䘏荷皇情。

其　四

翠岫三千丈，崔巍上岱宗。金泥除漢策，玉檢陋秦封。旗拂天門樹，雲開日觀峰。仙山留五老，擁蓋候飛龍。

其　五

鑾輿親閱視，河水正平隄。西受清淮弱，東趨滄海低。一條鋪練帶，千里亘虹霓。永紀隨刊績，朝宗萬國齊。

其　六

川岳懷柔日，乾坤奠麗中。安流歸聖算，平土奏神功。桑柘連村遠，來牟入望同。不教傳警蹕，到處聽呼嵩。

其　七

一覽江天闊，長流聖澤深。晴霞開海面，塔火照波心。御墨蛟龍勢，仙韶鸞鶴音。扶桑占喜氣，來往快登臨。

其八

春水江南路，巡遊紀昔年。觀風來海嶠，問俗上吴船。淳朴安畊鑿，繁華輟管絃。天顔知有喜，康阜勝從前。

其九

千頃頗黎色，重爲明聖開。宸章懸日月，睿藻焕亭臺。桃李乘時放，煙波拂櫂來。湖山真有幸，直作小蓬萊。

其十

秦淮民望切，歸路又重經。二水春流碧，三山爽氣青。香煙迎不斷，翠輦過還停。愛戴心如一，争看萬壽屏。

其十一

宵旰勤三事，清廉勉六曹。與民同後樂，爲政必先勞。優詔辭尊號，回鑾沛雨膏。先一日大赦。巍巍功德在，峻極孰争高。

其十二

地久天長運，河清海晏期。九如争獻頌，三祝並摛詞。譾陋叨殊遇，顓愚仰聖慈。自慙同小草，依托上林枝。

新　荷西苑作。

幾處葉田田，池塘未吐蓮。托根來上苑，濯質自清泉。扇拂煙波動，珠承雨露圓。魚知游泳樂，争聚畫橋邊。

三月二十六日分賜南書房入直諸臣瓶中牡丹臣慎行得鞓紅一朵恭紀

扶桑初旭映曈曨，聯步晨趨入直同。紫闥恩光連上苑，彤廷芳氣襲東風。人來漢殿鶯花候，春在堯天雨露中。五色雲端親捧出，仙葩争看一枝紅。

四月初四日殿廷對策恭紀

朱衣前引向彤庭，黄紙封頒出御屏。仗外煙霞成化雨，是日，午後微雨。螭坳燈燭聚春星。天人理要窮三策，章句儒多守一經。不是皇仁均造物，摶扶容易徙南溟。

初七日太和殿傳臚恭紀

九霄臺閣九重城，臚唱親聽第四聲。余名在二甲第二。自比蓬麻資灌植，羣欣燕雀荷生成。雲開閶闔趨冠珮，風過江湖識姓名。宋劉季孫詩：「日出唱君名姓，春風吹過江湖。」從此酬知須努力，勉承鞭策赴王程。

初九日恩榮宴恭紀

竊禄官厨已半年，余自去年十月奉召入内廷。紅綾重對曲江筵。生逢聖代誠何幸，老傍科名又自憐。杏葉鞍名。杏園同駐馬，雁行雁塔總隨肩。緑槐樹底參差影，猶記花黄六月天。禮部廳事前槐陰特茂，諸進士宴席分列其下。

恭和御製初夏新晴較射

淑氣迎新夏，華騶出曉晴。隔花初樹鵠，穿葉不驚鶯。月滿開弓勢，風高應羽聲。誰知聖人意，耀德本無争。

十五日保和殿引見欽授翰林院庶吉士恭紀

蛾眉班押候臨軒，未有涓埃報至尊。特許奏名來玉陛，不教待詔老金門。文科報國慙臣分，宦牒同朝戴主恩。臣胞弟嗣瑮翰林院編修，族姪昇左春坊左諭德。葵藿有心知向日，願從瑶島結孤根。

十九日午門賜鈔恭紀

頻垂旅槖走關山，一第俄登蓬閬間。遂有朱提分少府，頓令寒士動歡顔。宸章舊沐華縑重，去冬，在德州蒙賜御書程子《視箴》。寶硯曾叨緑玉頒。今年正月，蒙賜砥石山緑硯。今日衆中還拜賜，殊榮稠叠冠清班。

二十日文廟釋褐恭紀

數仞宫墻霄漢連，兩楹俎豆故依然。曾陪鼓篋三千士，重到橋門二十年。余自甲子五月入國學肄業。末學豈增科目重，非才特荷聖人憐。較他儕輩蒙恩早，獨在青衫未换前。

二十一日赴暢春苑謝恩恭紀

初著宫袍拜禁林，碧梧翠柳望成陰。可知聖主栽培意，即是天工長養心。千頃池邊看鼓鬣，萬年枝畔聽鳴禽。從來日月無私照，一物含光感自深。

送高江村先生南歸即次紀恩六章原韻

其　一

物望羣瞻進退間，先生風度杳難攀。神仙骨勝留侯健，帷幄功高李泌還。却眺白雲懷子舍，長憑金鏡駐恩顔。鮑照詩：「孤景留恩顔。」君臣名分家人誼，禮絶平時供奉班。

其　二

承明出入兩周星，紫炁遥瞻傍九靈。一代龍門示模楷，同時虎觀奉儀型。賞留瓊島看花宴，道在青箱授几銘。連日宣傳尤絡繹，天潢舊學重傳經。

其　三

家書天上喜開函，無恙春風報布帆。人以新陰艷桃李，天教晚節護松杉。一門四世皆餘慶，時遇覃恩，正一品官在任者，例得貤封四代，公方養母乞歸，得邀恩例，實異數也。八座三年特改銜。去住到公真綽綽，主恩前後總非凡。

其四

西苑門東竝歇鞍，自聞高唱和皆難。疎簾捲雨吟紅藥，畫閣傳香賦牡丹。以上皆記同直西苑事。一字褒增華衮重，萬間廣被布衣寒。江湖不放滔滔下，有力能迴既倒瀾。

其五

丹梯百級上丹墀，獨藉文章結主知。去國光陰移緑鬢，向陽花木發華滋。奎章再錫歸裝富，優詔頻頒飲餞遲。此意旁觀猶感涕，那教身受不生悲。

其六

曾聽邸舍話金鑾，敢望天衢振羽翰。門外忝隨新立鵠，巢痕猶認舊棲鸞。恩濃晝日看三接，夢繞鄉園感百端。直擬臨岐論後約，好收朝跡共追歡。

四月二十三日分賜西苑入直諸臣御書扇臣慎行得聖製泊舟惠山詩恭紀八韻

珍重傳宮扇，輝煌徧直廬。賜當清景下，頒及午風餘。應候知開闔，無塵待掃除。未秋凉已襲，纔夏暑先驅。駐蹕留佳咏，分行灑御書。恍疑泉到耳，真覺翠浮裾。墨氣生濃淡，煙光動卷舒。終身懷袖裏，長似拜恩初。

謝賜玻璨眼鏡二首五月初一日。

其一

玉比晶瑩鏡比圓，一時披豁覩青天。明珠吐暈泥沙外，爝火分光日月邊。名紙尚堪題細字，秘書仍許對新篇〔一〕。此生視息真何幸，雙眼摩挲敵少年。

〔一〕「篇」，《原稿》作「編」。

其二

霽月光風在紫垣，海西佳製賜頻煩。《漢書》注：「鄭重，猶言頻煩也。」潭空秋水清無底，壺貯春冰薄有痕。絶勝金鎞除胣膜，不須藜杖照黄昏。曾經隔霧看花後，老戀餘光盡主恩。

端午日西苑賜饌恭紀

天上天中節，初晴景物鮮。榴含將放蕊，葉擁未開蓮。菰黍縈宫綫，先一日賜糉。蒲觴撤御筵。恩波真不淺，長傍鳳池邊。

賦得夢破蓬窗雨奉睿旨，不用應制體。

明燈初炧酒微消，倦枕扁舟夜泬寥。楓葉橋邊看漠漠，蘆花風外聽瀟瀟。一天雲氣沉孤雁，兩岸灘聲長暗潮。唤醒江湖十年夢，起尋歸路尚迢遥。

題少宗伯孫樹峰前輩扇頭榴花

丹砂染出鶴頭紅，畫稿移來禁苑中。似與天工諧暖律，年年開候應薰風。

王麓臺前輩爲余畫扇自題其後索同直諸君和

萬樹鳴蟬水一隈，西山驟雨過輕雷。看君老筆如并剪，割取浮嵐暖翠來。

潞水歸帆圖爲諭德姪賦

日長如年暑未徂，丁丁晝漏傳宫壺。直廬直伴一事無，開卷示我歸帆圖。三竿秋水六幅蒲，小船放溜如飛鳧。浪花遠吞丁字沽，緑楊拂岸交紅芙。舟中之人疑可呼，掉頭徑欲歸來乎。君恩未許賦《遂初》，田園有路去尚紆。作詩聊取償宿逋，勸爾且勿思蓴鱸。

瀚海石歌奉旨作

瀚海出國門，亭堠萬有餘。君王神武勤遠馭，伐叛特欲安邊隅。歸來玉斧畫大渡，屬國東西一都護。羈縻不設甌脱閒，何者能邀至尊顧。異哉有神物，産自此海濱。遠從開闢混礓礫，直到海底今揚塵。女媧補天煉五色，散落人間人不識。年深道遠莫致之，瓌寶仍爲天上得。禁林過雨山蒼然，緑窗窈窕生紫煙。越羅蜀錦開什襲，詔許重陳玉案前。内官捧下通明殿，耀眼平生驚未見。碧砮奇氣蓄風雲，銅鍥飛芒繞雷電。七星挂斗何煌煌，六十四象隨圓方。綺霞縠霧錯采章，白璧自白黄琮黄。或如荔垂枝，又如榴拆囊。或如鏡留影，又如芝植房。或如犧牛角繭栗，或如蝦蟇入月頷頤張。或如青螺或紋蛤，或如馬肝止血瘳膏肓。或如珊瑚出網丹出鼎，松脂出地琥珀凝堅光。賦形寓色靡不肖，化工之巧盡洩無留藏。臣聞積水類生石，瑟瑟波摇紅靺鞨。潮淘汐戰廉角平，蜃吸鰲呿光怪發。黔中白鷺洲，貴州思南府有白鷺洲，文石絶佳。文登彈子窩。在登州蓬萊閣下海中，見《蘇軾集》。偶披千萬遇什一，毓秀孕靈能幾何？孰如此石來自遐荒外，磊砢英多殊可愛。攜來共指前席珍，采處曾蒙後車載。石兮石兮汝豈無知空抱質，顧盼恩深同剪拂。回思萬古委泥沙，方信聖朝無棄物。

寄祝汪韋齋年伯七十壽時官鞏昌郡丞

宦跡中經四郡移，姓名曾達九重知。神仙路指青牛道，風月吟寬皓首期。愛酒每傾鸚鵡盞，生兒多集鳳皇池。謂武曹、文升昆季。頭銜特爲貤封换，歷守還朝算未遲。

奉旨免赴教習廳賦呈院長揆公

第二廳前逐隊過，北扉咫尺接鑾坡。詔恩已免春秋課，館職猶充弟子科。顔魯公詩：「魯國今從弟子科。」變白果能生黑否，少陵詩：「余髮喜却變，白間生黑絲。」出藍其柰謝青何。《北史・李謐傳》：「初師博士孔璠，後璠還就謐請業。同門生語云：青出藍，藍謝青。師何常，在明經。」〔一〕回思東閣傳經地，老廁門墻媿自多。

〔一〕按，此注《原稿》僅「用《北史・李謐傳》中事」數字。

敬業堂詩集卷三十

隨輦集起癸未五月杪，盡十二月。

元時避暑灤京，百官皆有公署，今惟詞臣數人耳。癸未五月，大駕將幸山莊，先十日傳旨南書房翰林六人，俱著隨行。六人者：諭德臣昇，編修臣廷儀、臣名世，庶吉士臣灝、臣慎行、臣廷錫也。臣壯履自請隨班，亦預焉。始而行宮檢書，既而圍場觀獵。往返計百二十日，每有所作，輒呈御覽，附以入冬後詩，共爲一卷。

將隨駕往口外避暑蒙恩賜紗葛衣二襲恭紀

垂柳陰中晝卷幃，微軀宜稱襲恩輝。行穿碧水丹山路，先賜含風疊雪衣。杜甫《端午賜衣詩》：「細葛含風軟，香羅疊雪輕。」涼逐冰絲分繭館，香隨葛越出星機。序更不用愁刀尺，預算秋深扈蹕歸。

五月二十五日隨駕發暢春苑晚至湯山馬上口占四首

其　一

雨餘沙磧浄無泥，瓜蔓秧針緑滿畦。共識君王愛民意，村村駐輦看扶犂。

其　二

閒按輿圖考地名，承平畿甸古長城。《昌平山水記》：「長城，齊天保二年所築。」詞臣頻日承宣唤，特許班隨豹尾行。

其　三

軍裝小隊走弓刀，年少曾親鞍馬勞。老去承恩還自媿，重蒙天上賜征袍。

其　四

炎景當空日正長，潺潺湯峪水如湯。泉源萬斛皆天澤，化作人間六月凉。

是日赴東宫召觀灑睿筆口授書法兼蒙賜扇恭紀十六韻

天縱儲君聖，英資曠古奇。毓成龍鳳德，學本帝王師。几硯無他玩，宫庭備幼儀。就將猶勉勉，敦敏倍孜孜。鶴禁時多暇，鑾輿出每隨。幾曾疎筆墨，直是好文辭。羲畫傳家法，堯章焕丕基。書多呈御覽，恩許侍臨池。訣發千秋秘，工兼八法宜。銀鉤光絢爛，金薤象紛披。腕力由神運，心源絶仰窺。難窮惟贊嘆，過望是榮施。寶篋承華重，仁風被物慈。述書徒續賦，應教愧成詩。朝爽襟先挹，秋凉袖早知。驪珠長在握，宸翰並昭垂。一月前，蒙皇上頒賜御書扇。

賦得緑樹陰濃夏日長二十六日，御試講官題，臣亦擬作。

高倚層霄俯映池，緑陰陰處日遲遲。晴穿密葉蟬初翳，暑薄交柯鳥未知。曲徑煙分蒼蘚潤，重樓人静畫簾垂。炎曦只隔深林外，似戀清幽不肯移。

二十七日隨駕發湯山

凉殿東來御路平，金輿八襲正徐行。雲從萬疊峰頭出，風逐千羣馬尾生。《甘澤》祇應歌盛世，《醴泉》何用草新銘。抽毫進牘慚臣職，納鉢親隨第二程。

懷柔道中遇雨是日駐蹕密雲

七渡河邊過綵斿，坡坨高下入檀州。午陰側帽消朱夏，細雨垂鞭似早秋。地險一軍資障塞，《開元要略》云：「密雲，燕之邊陲，管障塞軍五千。」時清三輔奉宸遊。庢音提。奚父老争扶杖，隔歲重攀翠輦留。《方輿紀要》：「後漢曰傂奚，魏皇始二年置密雲，縣治提攜城。臣按，《續通典》：『檀州密雲縣即漢庢奚縣，舊治傂奚，與庢夷音本相同。』《魏書》遂譌爲提攜，當以《漢書》爲證。」

賜觀御書大學經傳恭紀二十韻

昭代文明啓，吾皇政化隆。熟精洙泗理，大闡聖賢功。胞與周民物，幾康謐始終。一經神默契，十傳語全融。《堯典》推明德，《湯盤》視祓躬。孝慈爲世則，好惡與人同。異説歸《淵鑒》，羣儒仰折衷。欲令聲振鐸，端賴筆抒虹。心法由誠正，書源本貫通。學難窮秘笈，勤不輟行宫。滌硯龍窺沼，揮毫鳳舞空。淋漓雲氣外，披拂柳陰中。星斗天垂象，山泉帝發蒙。教傳先胄子，前一日書成，先賜東宫展閲。寵示逮臣工。偏黨消皇極，維持長士風。頒應徧黌序，澤自被西東。睿藻光何焕，王言義必充。卷終有御製跋語。道宏該創守，力厚闢鴻濛。羲畫傳同遠，箕疇演並崇。煌煌治平業，萬古照蒼穹。

登密雲城樓

第一封畿此要衝，兩城宛轉合長墉。風生温谷油油黍，黍谷在懷柔、密雲二縣界。漲走潮河矯矯龍。井底炊烟沉石匣，天西積雪射居庸。志稱居庸爲「冷關」，積雪盛夏不消。八荒户闥今同視，笑説秦關百二重。

石匣營

已廢金溝館，猶存石匣營。濛濛空翠裏，細雨濕霓旌。

恩許扈蹕諸臣戴草笠

臺笠都人制，黄冠野服姿。直疑雲覆頂，不怕雨催詩。凉燠俄能换，陰晴兩自宜。從臣齊戴德，美蔭荷皇慈。

過南天門初見邊墻明徐武寧所刱戚少保重修者也

勝國留遺築，危梯極望收。萬峰乘障起，一水入關流。形勢當全盛，邊墻免歲修。太平輸鎮將，裘帶取封侯。

柳林喜雨呈同僚

高柳垂陰漸近關，地在古北口南三里。炎蒸疑在有無間。解衣脱帽君恩重，下馬分題客况閒。枕底雷生南澗雨，城頭雲起別州山。朝來擬草《甘霖頌》，才短羞隨供奉班。

六月初四日扈駕出古北口

太行蜿蜒二千里，七十二坳連首尾。東趨遼碣西泠陘，留幹一門屹中壘。古北口，一名留幹嶺，見《金史》。巨靈擘石如擘雲，雲根俯插黄花軍。烟氛突過掃無迹，風雨欲來天半聞。出關彌望神州壤，六飛清暑頻來往。高墉已斷山不斷，無數芙蓉列仙掌。川迴岡轉輦路長，凉亭舊驛今村莊。元時避暑沿路多凉亭，賜東、西凉亭軍士糧鈔。見《文宗本紀》。帝獵北凉亭，見《趙世延傳》。明洪武二十七年，置古北口十四驛，猶存東凉亭驛之名。禽魚共識天顔喜，草木中含御氣香。小臣多年客燕代，夢想何曾踰紫塞。自詡遭逢老更奇，停鞭飲馬長城外。

塞外山

已被雲遮百萬層，又從雲外見崚嶒。翻緣山好添惆悵，未得峰峰策杖登。

兩間房直廬作

隨班番直又晨興，金鑰銜魚轉數層。延閣日長無箇事，坐消清簟一壺冰。

初六日奉旨編輯歷代咏物詩恭紀四首

其　一

宣文小閣秘圖書，「延閣圖書取次陳」，元周伯琦咏宣文閣詩句。雲霧牕中點勘初。聖主不曾遺小物，莫輕《爾雅》注蟲魚。

其　二

儷白駢青句已陳，篇章何處發清新。盡攜中秘隨行笈，三篋何煩默記人。

其　三

日日珍羞出大官，雉羹魚糝水精盤。丹鉛未是酬知地，聊與風人解《伐檀》。

其　四

曾披圖籍考山川，聖訓真同象緯懸。文選樓高重拜命，敢同輕薄議前賢。

初伏日睿賜時果木瓜酒恭紀

帳殿爐烟合，周廬霽景長。人間正初伏，塞外已新涼。珍果當筵賜，芳醪洗盞嘗。恩波承少海，一勺詎能量。

行過青石梁

天豁新開嶺，鸞旗曉向東。古藤攀石度，絶壁過雲通。鳥啄槐花雨，蟬嘶槲葉風。林巒行不盡，長在畫圖中。

駐蹕鞍子嶺連雨驟涼

複磴中涵金碧姿，小青山外蹕初移。愛迎嵐翠晨趨直，貪傍燈明夜咏詩。泉脉曲通行帳外，雨聲渾似滴篷時。水晶宫殿清涼國，傳語人間總未知。

賦夜光木

積水生神木，俄登几案旁。四時無改火，五夜必騰光。近映藜輝淡，遥分桂魄涼。頓教虚室白，臨卷勝螢囊。

御賜武彝芽茶恭紀

幔亭峰下御園旁，武彝山下有御茶園，元時貢茶地名。貢入春山採焙鄉。曾向溪邊尋粟粒，蘇軾句：「武夷溪邊粟粒芽。」却從行在賜頭綱。雲蒸雨潤成仙品，器潔泉清發異香。珍重封題報京洛，可知消渴賴瓊漿。

連日恩賜鮮魚恭紀

銀鬣金鱗照坐隅，烹鮮連日賜行厨。感踰學士蓬池鱠，唐時學士賜食蓬池鮮鱠。味壓詩人丙穴腴。元虞集詩：「魚藏丙穴腴。」素食餘慚留匕箸，加餐遠信慰江湖。笠簷蓑袂平生夢，臣本烟波一釣徒。陸龜蒙詩：「笠簷蓑袂有殘聲。」

送勵南湖前輩奉旨歸省尊甫少司寇公病

橐筆經時共直廬，何堪絶塞唱《驪駒》。乍看請急情辭苦，特許還家恩遇殊。客夢不離丹嶂遠，鄉心已與白雲俱。最憐一掬酬恩淚，并爲思親灑路隅。

塞外蝴蝶應東宫令。

羅浮仙種幾時來，金粉天生不染埃。忽見一雙同照影，始知隔水有花開。

十六日五更隨駕發鞍子嶺行至三道梁天始明

金壺虬箭響登登，霽月流天景漸澄。谷罨一重環翠幙，雲移雙仗識紅燈。風輪暗激飛梁轉，松頂遲看旭日升。滿篋纖絺長什襲，此來何處有煩蒸。

十八日駕幸釣臺召臣等隨行賜膳釣魚恭紀七言絶句八首

其一

插天碧嶂起芙蓉，路轉潺潺又幾重。百頃風潭雷雨過，萬魚唧尾候真龍。

其二

高臺俯瞰樺榆溝，指示灤河最上流。記得銀絲鱠鮮鯽，欣從塞外識源頭。巳刻，上御樓，召臣等五人至臺下，指臺下流水諭曰：「此灤河上流也。」

其三

魚藻池邊輦路平，直隨仙仗到蓬瀛，官厨初飫紅蓮飯，御饌仍分碧澗羹。午刻，賜御饌紅蓮米飯、柳根魚羹。

其四

芳餌循環下釣筒，絲緡長日侍青宫。烟蓑雨笠尋常句，慚愧猶蒙記憶中。午後奉旨：翰林諸臣赴皇太子行幄釣魚。臣前《謝賜魚》詩有「臣本烟波一釣徒」之句，東宫舉以示近侍，并記以志愧。

其五

山莊一帶並河壖，人衆如魚盡力田。要與周詩占吉夢，早開場圃待豐年。

其六

一條羅帶水拖藍，只少漁舟着兩三。滿眼丹青輸畫手，鶯聲柳色似江南。

其七

文鱗躍處起漣漪，水族沾恩感聖時。不是網罛施不得，爲留餘澤及鯤鮞。

其八

佳名原自柳根來，魚名柳根赤，蓋柳根之色赤，此魚好噉柳根，故名。釣得仍將柳貫鰓。分賜詞臣三百尾，插竿騎馬雨中回。

賦得遠色有諸嶺限二蕭應東宮令。

誰寫丹青向碧霄，參差入望勢偏遥。烟光澹處疑無樹，日氣生時似湧潮。飛鳥不能踰嶂外，横雲只許抹山腰。分明有路行難到，知隔天台第幾橋。

二十日行殿召對出至直廬内侍復傳諭臣慎行云汝子在東鹿縣居官甚清朕已稔知感恩述事恭紀二首〔一〕

其　一

已注金閨籍，仍叨顧問榮。睿容瞻肅穆，天語聽分明。轉益臣心懼，難窺聖學精。行宫清秘地，不異侍延英。

其　二

穉子慚民社，能忘舐犢私。未成期月治，驚荷九重知。清白原家法，生成仰聖慈。家書連夜發，矢報勉捐糜。

〔一〕「已」，《原稿》作「所」。

恭和御製立秋喜霽

聖主如天惠澤周，與民同樂每先憂。歸雲夜散簷頭雨，沃土人畊化外州。野鶴報晴初戛戛，良苗入望已油油。詩成共識皇情豫，白藏新占歲有秋。

恩賜佛手柑恭紀

筠籠珍重貢炎方，羅帕玲瓏照玉堂。縹蔕經時猶帶緑，芳苞映日已全黄。長隨錦荔迎凉到，遠勝新橙透甲香。別與傳柑增掌故，立秋時節賜山莊。

磁瓶草花

澗草巖花摘小叢，秘磁蚪水愛青紅。不教開落塵沙畔，只似栽培雨露中。映壁數枝開曉日，入簾雙蝶帶西風。誰將蟋蟀籬邊景，移向灤河避暑宫。

秋海棠

小紅低映緑窗紗，昨歲開時正別家。白髮滿頭還自笑，塞山六月看秋花。

奉和御製穹覽寺七言絶句敬次上韻二首

其一

清磬和泉隔岸聞，蒼松翠蘗散氤氳。不知四面山重數，遥指爐烟是碧雲。

其二

寶翰留題昔未聞，麝煤龍餅氣氤氳。祝釐老監今頭白，特起香臺貯彩雲。

陳潛齋前輩分餉柿子酒

小榼遥看走馬軍，微風先爲送奇芬。行厨洗盞湯初老，隔幔呼燈日漸曛。尚想青黄垂野徑，忽驚紅緑眩微醺。東坡詩：「醉眼眩紅緑。」從今細雨殘更後，每到醒時定憶君。

七月初五日賜食蜜漬荔枝二首

其一

嶺外未曾嘗小緑，閩南猶記擘輕紅。石屏詩：「新來嘗小緑。」少陵詩：「輕紅擘荔枝。」而今拜賜來天上，他日嘗新歎轉蓬。

其二

蠟封蜜漬味全融，秋暑初迴却扇風。領取一襟冰雪意，白銀盤映荔枝紅。

蒙古貢馬

蒲梢不拒諸蕃貢，印烙新加毛骨殊。斂却霜蹄行駕鼓，爛如雲錦看成圖。騊駼厩應房星上，苜蓿園開瀚海隅。不比《無羊》歌考牧，聖朝馬政在攻駒。

七夕喀喇火屯雨後作

雕霧鷹風漲泬寥，一天秋意頓蕭蕭。彩虹截斷遼西雨，飛入銀河當鵲橋。

賦野杏根

古根埋不爛，搜剔豈能辭。斑剥舊苔蘚，槎牙新菌芝。乾坤無棄物，研席得奇姿。自有天然質，何煩斧鑿爲？

裕親王挽詩二首奉旨作。

其一

禮絶三公上，親爲萬乘兄。分忘敦棣蕚，卹賜備哀榮。傍邸愁雲結，回鑾淚雨傾。時上駐蹕塞外，聞王訃，即日回都哭臨。桐陰留畫像，存殁感皇情。上常命畫工寫御容，與王並坐桐陰下。蓋取同老之義，平居友愛如此。

其二

尚覺春秋富，俄驚泉路長。友于歸聖主，文獻失賢王。海闊星沉象，天空雁斷行。舉朝哀挽切，感動爲宸章。

雙塔峰歌

灤河之水鳴淙淙，晨光欲透草木蓊。千巖浮動萬壑充，十里霧濕三花鬉。陽烏展翅烟攄虹，倒射石壁紛青紅。中有兩峰迴不同，向人騰躍比祝融。厥初生時誰所礱，分而爲二疑靊靇。自從巨斧開鴻濛，勢欲復合難彌縫。小者爲霍大者宫，前高後亞兒隨翁。其顛石笋各卓空，如窣堵波剷圓穹。其旁老松垂薤葱，雨露已費千年功。初從南麓瞻崇隆〔一〕，恍然御氣乘罡風。青天一碧懸雙篷，仙舟出没波濤洪。形隨徑轉日在東，併作高柱孤巃嵸。首末稍斂中微豐，異哉三竅何玲瓏。下空一門拆崆峒，中央一綫星光通。最上一穴磨青銅，團團皎月非朦朧。洞貫腹背豈羿弓，誰與人力争天工。須臾位置移忽忽，左右互易驚愚曚。漸行漸遠漸不窮，回頭依舊藏霾雺。我思佛力大且雄，舍利所在塔廟崇。十方照耀開盲聾，僧伽興廢會有終。豈如兹山媲華嵩，巍峨俯闞荆榛叢。綿亘古塞接蠮螉，劫火不壞况兵戎。地雖僻左秀獨衷，昔名未彰今始蒙。吾皇盛德邁帝鴻，盡攝六合歸牢籠。年年《雅》詩賦《車攻》，山莊近在封域中。已獲顧盼邀重瞳，何須秩祀偕三公。小臣作歌達聖聰，特與此石慶遭逢。

〔一〕「從」，《原稿》作「自」。

塞田雙穗嘉穀恭紀

屬車到處瑞徵奇，嘉穀俗呼小米子。欣看燕尾垂。異畝比禾皆九穗，連畦如麥總雙岐。澤流膏雨珠兼玉，譜入《豳風》畫亦詩。從此康年豈勝紀，太平天子是農師。

蔣西君爲汪紫滄畫菜索題

君昔養親惟小園，白菘紫芥供晨昏。君今已食大官饌，夢寐何曾忘此味。秋來見菜應思鄉，蔣家三徑吾求羊。玉堂雲霧看落筆，中有故畦風露香。

二十七日發熱河

耿耿疎星曉，泠泠白露秋。是日白露節。老松經燒斷，頑石隘溪流。草苫沿籬屋，人騎渡水牛。塞田霜氣晚，七月已全收。曩時塞外六月已寒，黍稷少熟。今年七月杪尚未作霜，故莊田倍收。

八月初六日發唐山營初入蒙古界

興桓左界接遼陽，千里中開雉兔場。邊户生涯資射獵，天家甌脱變畊桑。風馳屬國東西尉，化被諸蕃部落王。豐草長林皆禁籞，遥看直北是龍荒。

度汗鐵木兒嶺

一林槲葉一林楓，半染青黃半染紅。只道平沙隨地闊，忽開絶境與天通。冰霜氣候陽和裏，金碧山川指顧中。緩轡不知林壑險，殊榮孰與六人同。嶺路險仄，特命侍衛導臣等前行。

初十日發擺波喀口

寒色馬㱡殑，重裘怯不勝。嚴霜如薄雪，細水作輕冰。蕃部三千帳，圍場百萬層。遥看射生處，旭日正東升。

十一日駐蹕巴林桑斯臺上於附近山中行圍賜臣等全鹿一隻恭紀

雉尾鷄翹曉望分，旌旗高捲萬山雲。威加草木秋行令，禮重貙膢晝掩羣。從獸總歸《司馬法》，回鑣如策凱旋勳。只慚未效三驅力，拜賜長先七校軍。

額勒蘇臺聞雁有懷德尹時聞弟乞假將出都

一聲哀響落秋旻，列幕燈明夜向分。倦枕何人還不寐，望鄉有客最先聞。路長遼海霜前月，天偪陰方雪後雲。附爾封書須早達，人間兄弟有離羣。

十二日駕幸額勒蘇臺大獵召臣等觀圍恭紀七言長歌一首

聖朝雄略彌宇宙，四海爲家同在宥。行宫直過大青山，纘武年年寓巡守。川原蕃膴少甌脱，邊障清寧罷烽堠。盡收種落當郊樊，大展岡巒作靈囿。涼秋八月商飆發，霜氣凝嚴冰未溜。朝來下詔大合圍，草淺林疎宜往狩。三千虎旅移前帳，十萬龍驤出華厩。奇毛箇箇五花文，表貉揚旝偏巖岫。層層葉幄絢紅紫，面面山屏圍錦繡。前行十里雪初晴，千步場如築新就。遥看數騎林西麓，畫裏依微人比豆。雁行齒序列後先，魚貫班聯隨長幼。綿綿翼翼遠不斷，整整斜斜近相湊。須臾旋繞山之東，觀者同時盡迴首。舉鞭初可一二數，錯落星文排列宿。長松冠嶺嶺插空，人馬從空俄下走。呼聲幾處震虚谷，驚起雕翎落飛狖。此時已有鹿斯奔，闌入圍場孤引脰。東跳西顧迷所向，首鼠張皇等鼯鼬。魚麗鸛翼頃刻成，變幻圓方詎能究。陣圖本是丘井法，旌立和門嚴介胄。合圍漸緊壤漸平，匝布叢攢勢相繆。不知鹿羣何處來，俟俟儦儦紛邂逅。麏麚麞麝麋麖麑，麅䴳麢麠麜麎麐。希間偵伺前復却，防内怔惶駭而驟。渴舌長如飲澗垂，野心思突重圍透。天威奮武臨咫尺，頓轡齊鑣不容竇。神機獨握舉大綏，衆志成城鹿爲鍭。虹流電掣忽飛鞚，月滿弓開胥入彀。逸足公然帶箭馳，先聲所至隨弦仆。一人獲雋萬人歡，羣祝君王千萬壽。大弨旋韔不盡發，餘勇猶浮衮龍袖。網開一面頌皇慈，節應《騶虞》叶仁獸。雲收霧捲圍乍撤，萬騎如風散晴晝。小試真同掃塞氛，盈庖豈獨充飣餖。觀兵耀德典彌崇，行賞班餘功孰懋。竊聞上古有大甸，秋獮相傳本由舊。青丘自欲吞雲夢，吉日先須卜庚戊。漆沮甫草偶于畋，悉率從王惟左右。今之健兒千三百，來自諸蕃踰尉候。大圍共一千三百人，皆出蒙古喀爾沁奧諸部落。期門將士但旁觀，山立何曾技輕奏。此皆至尊善撫馭，同軌歸誠車輻輳。國家恩澤浩如天，蕃部寧非天所覆。自然忭舞羣用命，王用三驅此其又。《車攻》寧數《小雅》材，《羽獵》應嗤西漢陋。矢詩橐筆本臣職，況著征衣隨短後。雖慚無力效殳鋋，盛事千秋幸親覯。

中秋節恩賜月餅時果恭紀

列幕周廬白似銀，中天夜氣肅鉤陳。皇衷尚感團圞節，時因裕親王未卜葬，停止筵宴。禮賜偏優侍從臣。宮餅堆盤隨月彩，御園分果得時珍。回思瓜豆田園味，老去驚看節物新。

是夜角火羅對月呈掌院揆公時奉使朝鮮初還

年年別裏逢佳節，今夕班荆又一奇。玉兔銀蟾新賜餅，是夕，御賜大小月餅，皆飾金彩宮殿，爲蟾兔之形。錦囊珠笈舊題詩。烏桓露警三更夢，碧海槎回八月期。記取勒蘇山下路，霜花壓帳話高麗。

十六夜撒勒巴爾吉對月

十分月到今宵滿，一半秋從昨日過。前一日秋分。路轉溪山鳴鼓角，天垂障塞繞星河。不愁織女機絲濕，自笑姮娥白髪多。殘醉易醒宮漏永，青綾無寐欲如何。

十九日度生吉兔嶺

翠屏丹嶂四成圍，見説前岡雉兔肥。山下忽逢沮洳水，蘆花如雪馬頭飛。

二十五日曉發舒庫里口

曈曈初日上天東，一片秋光照耀同。好是萬株紅葉滿，已經霜後未經風。

二十六日扈蹕至興安嶺有旨命臣等登絶頂遠眺恭紀七律四首

其一

崇岡斗起杳難攀，翠罕華旌歲往還。六合一家寧恃險，九邊三面總無關。龍沙展勢提封外，鳥道盤空霄漢間。詔許重登峰頂望，始知高出萬層山。

其二

忽開眼界向層巔，指掌圖成立馬前。東走陪京山委浪，北踰瀚海地黏天。牛羊白散千屯雪，草木青回萬竈烟。四十九藩齊望幸，呼嵩聲徹半空傳。

其三

甲帳辰旗紫邏長，極天晴色辨微茫。黄榆不斷庭方路，白日能消冰雪光。獵騎嘶風争北向，野鷹隨雁亦南翔。西山蒼靄遥相接，直似登臨在帝鄉。

其四

輿圖遠闢古興安，鳳舞龍迴氣鬱蟠。半嶺出雲鋪大漠，喬松落葉倚高寒。嶺以北松皆落葉。丹青不數東南秀，俯仰方知覆載寬。萬里乾坤千里目，欣從奇險得奇觀。

大風下興安嶺

崇岡無樹朔風寒，直下真從井底看。知是向南歸路近，亂飛黄葉打征鞍。

二十八日駐蹕伊遜河源上親射石熊以熊掌頒賜臣等恭紀長歌

千峰萬峰争落木，秋聲蕭蕭氣肅肅。連朝纘武大掩羣，殪盡山中雪斑鹿〔一〕。西風卷地餘怒號，虎豹股栗豺狼逃。老熊何物敢自匿，出林獨叫求其曹。天威赫業揚雲罕，搗穴直窮熊所館。公然人立向人啼，正值琱弓彀初滿。皮毛與石孰比堅，不聞射石石亦穿，須臾三發三命中，摇尾大似求哀憐。忽看趫捷如猿鳥，騰上千年松樹杪。神機别以火器攻，霹靂斜飛貫胣腦〔二〕。半空扨折青珊瑚，松耶熊耶墮地俱。皇心因材有生殺，倔强那得逃天誅。雉飛兔走清林莽，重馬馱來徧行賞。鷙性寧非恃爪牙〔三〕，焚身至竟因蹯掌。駞蹏鹿尾猩猩脣，舊傳此味配八珍。大庖祇合供御饌，榮施何幸加詞臣。臣聞南山之下渭水濱，從禽搏獸空鋪陳。賦家漫誇三十六，終日射侯原非真。豈如吾皇勇且仁，除兇服猛胥躬親。已靖六合無纖塵，山林兼使異獸馴。他年珥管紀上瑞，郊藪行見遊麒麟。

〔一〕「斑」，《原稿》作「色」。
〔二〕「胣」，《原稿》作「其」。
〔三〕「鷙」，《原稿》作「鴛」。

賜觀紫騮御馬恭紀十韻

御馬紫騮名，牽來左右驚。無疆全地道，至健配天行。出應房星瑞，時逢朔漠清。風雲開萬里，日月夾雙睛。闊步無谿塹，深觀識性情。馴良由駕馭，神駿本生成。往往從蒐獮，悠悠逐旆旌。勢隨龍象蹴，氣躡虎狼平。按轡千林肅，回鑾六幙晴。啣恩何以報，戀主每長鳴。

九月初三日東宫行圍召觀殺虎恭紀

連岡若環斷若玦，猛虎一聲蒼石裂。千狐百貉走且僵，獨踞巑岏爲窟穴。儲君英武如吾君，六鈞親挽古未聞。年年侍輦出狩獵，手搏奚止什伯羣。餘威所臨氣先壓，弓未離囊箭猶插。星流一點緑沈槍，刺虎真同捉鵝鴨。黑文白額光斑斕，毛血映徹朱旗殷。豐杠重馬挾以至，衝飆霍霍來陰山。羽林奏刀技神速，理解肌分同破竹。憐渠故是獸中雄，特命留皮瘞其肉。大哉利溥仁人言，麟趾原從聖澤論。一片文茵常在御，半丘白骨更啣恩。臣工侍觀咸動色，殺物之中昭震德。不知看射向山南，何似隨圍來塞北。

初六日隨東宮射獵蒙賜全鹿野雉恭紀十首

其　一

琱戈豹鞬導中央，特許詞臣列兩旁。昨日山中親射虎，近前指與舊圍場。

其　二

林深谷邃轉坡坨，黄葉聲中掣電過。一箭攔回飛走路，隨身數騎尚嫌多。

其　三

蒼鹿年深雪作斑，洞胸飲羽突希間。别教羽衛追風逐，天馬如龍又過山。

其　四

射雉仍開八札弓，離披彩羽墮晴空。欲知官笴長多少，五寸雕翎帶血紅。

其　五

英姿雄略似吾皇，連日分圍獵澗岡。赤豹黄羆皆進御，充庖一味不私嘗。

其　六

一色明駝倒載來，獵塵收處夕陽開。翠屏萬仞紅雲外，别領旌旗小隊回。

其七

重輪長傍紫薇垣，侍輦歸仍侍寢門。每聽鷄鳴親視膳，豫遊原不廢晨昏。

其八

德備才全左右宜，家傳真得帝王師。萬鈞腕力强於弩，朝射貔貅夜賦詩。

其九

割鮮分肉快何如，馬後捎來拜賜餘。今日塞垣親扈蹕，去年京洛正騎驢。

其十

平生未習穿楊技，老去空存見獵心。慚愧書生叨異數，酬恩無地感恩深。

重九雪後汗鐵木嶺觀獵二首

其一

銀麞縞鹿挺巑岏，重展圍場勢更寬。十萬羽林齊挾矢，只教六騎作旁觀。

其二

毛毺氈帽愛新霜，每到登高必望鄉。誰料烏桓山外路，萬峰踏雪過重陽。前二日大雪。

十二日上親射金錢豹恭紀十八韻

朔漠回鑾候，君王罷獵時。忽聞山下豹，正逐草間麋。詎縱顏行抗，還將餘勇施。三驅争效命，七校復揚旗。金鏃霜花淬，飛龍電影追。應弦疑樹鵠，拔箭已連骴。直作摧窮寇，真如殪伏雌。右髃充上殺，全質少微疵。貍首斑斑血，猫睛睊睊眵。鬟雄粗縮蝟，爪利善藏錐。自匿荊榛窟，初含霧雨姿。氣曾吞虎兕，力肯讓熊羆。緩死俄無路，偷生詎有期。但令供獮狩，猶得壯威儀。鎗桿風摇尾，鞍橋錦冒皮。呈文留炳蔚，取用及捐糜。師武當關險，兵韜示象奇。小臣慚獻頌，何異管中窺。

十四日駕發藍旂營乘舟網魚命臣等沿河騎隨賜鮮鯉人各一尾恭紀

雪光皛皛山稜稜，千山映雪朝日升，灤河之水暖不冰。刳舟剡楫凌空去，三丈黄龍帝親御，川后前驅風伯助。峽形漸束波愈清，潛鱗帖帖何敢驚，人聲不聞聞水聲。須臾船重皇情樂，啣尾駢頭來繹絡，八紘一張魚載躍。鰷鱨鰋鯉旨且多，義不盡取收網羅，滿渠新漲餘天波。詞臣拜恩已無算，復賜紅鱗長尺半，馬上攜歸萬人看。

是日中途命侍衛射虎復召臣等同觀恭紀

後殺豹，先殺熊，陰方凜凜生寒風。先殺熊，後殺虎，積雪皠皠映强弩。君王威德彌寰宇，坐致遐方歌樂土。闢田築室藝稷黍，猛獸寧容此偪處。爾牙如鋸我鏃銛，焚林盪谷期盡殲。溪東距溪西，相望十餘里。忽聞響應徹山顛，天語遥傳順風耳。西洋人所製。六飛所幸成坦途，冥頑何物乃負嵎。期門壯士能手搏，奉令何異天行誅。天生聖人能格物，檮杌窮奇情狀悉。耳端一缺戕一人，厥罪昭然何待詰。自從殺此虎，邊牧蕃鷄豚。自從殺此虎，莊户長子孫。黄熊赤豹同噬吞，腥風掃盡無一存。小臣穉眼嗟未見，談虎尋常色爲變。此來快覩三害除，直似陪遊向畿甸。

十七日度小青山

去日蕉衫暑雨收，歸時急雪灑重裘。重經司馬臺南路，紅樹連山正晚秋。

入古北口

金支影轉翠微間，萬馬驕嘶並入關。雉堞連雲軍角壯，虎牙憑險戍旗閒。西風漸老河邊柳，積雪回看塞外山。正是秋清好時節，六龍行狩扈南還。

過牛欄山下二首

其一

青山缺處吐孤城，行到牛欄路更平。一片黄榆緑槐影，白狼河畔作秋聲。

其二

白酒黄花興未違，一鞭新自塞垣歸。短裘衝過重陽雪，又向京華换裌衣。

十月初十早入直蒙恩賜帶數珠恭紀

星聯珠貫入承明，是日同直共七人。章服驚叨四品榮。一串牟尼呈五色，同時裘飾粲三英。循環豈易充臣數，祝聖惟當轉佛名。長恐維鵜譏不稱，也如老馬錫繁纓。

房師汪東山先生請假奉太夫人南還留秋帆圖卷子命題敬賦四絶句

其一

《秋興》賦罷賦《閒居》，首路争看侍板輿。此樂季鷹渾未識，區區歸計爲鱸魚。

其　二

一聲天上聽臚傳，小住蓬山已四年。來與鄉人重换眼，五湖别自有神仙。

其　三

宦海茫茫詎有涯，急流幾箇赴歸期。霜前吾谷秋如錦，算是扁舟到岸時。

其　四

一條清況冷冰銜，十幅西風穩布帆。公去我留緣底事，擬因苦笋脱朝衫。用黄山谷語。

題劉禹峰水邊行樂圖小照二首

其　一

風酣緑浪紅蕖，雨洗蒼苔碧梧。萬口詩傳京洛，半生夢落江湖。

其　二

菱租舊輸甓社，魚計新收白田。隔浦三間書屋，過橋一隻畫船。

雪後下直口占

徐蹋禁中雪，遠看城上山。宮鴉巧相背，晨出暮飛還。

題許有介先生册子

事出先賢傳，名從獨行敦。眼看耆舊盡，心慕典刑尊。逸品傳書畫，餘風付子孫。淋漓浮墨汁，中有不亡存。

賀張志尹前輩生子

鄧藝馮經孰擅場，乃翁才藻世無雙。祝兒他日無多語，七歲能文似曲江。

賦得深屋喜爐温應八皇子教。

幾重簾幙幾重茵，深掩紗窗净少塵，鴿炭餤紅寒漸減，鵲爐灰白煖初匀。三冬不納冰霜氣，一室能回天地春。應念五更騎馬出，銅街已有趁朝人。

題元人風雨歸舟圖應四皇子教。

遥山澹抹近山遮，一棹飄然水一涯。似有風聲隨雨到，忽疑雨勢受風斜。白蘋洲畔年年客，黄葉村邊處處家。身在畫中渾不覺，却教人指畫圖誇。

十二月初九大雪獨直南書房有懷陝西隨駕諸君

雲海平鋪釦砌寬，六花如絮點裘乾。金猊坐擁玲瓏石，玉蝶争飛宛轉欄。雲護蓬萊長覺曉，樹當温室不知寒。此時最憶隨鑾客，少室中條並轡看。前一日聞駕已涖中州。

送楊遠卿之任武昌

去年訪君過維揚，今年送君向武昌。江湖不到塵土眼，遠夢夜落梟魚鄉。洲邊芳草城邊柳，騎鶴仙人重出守。洞庭春水際瀟湘，大别青山横沔口。烟花三月畫船開，王程不用瞰鼓催。到官好尋陶庾蹟，歷郡正賴龔黄才。才多政簡無不可，列戟凝香但安坐。閒擕賓從上南樓，倘有新詩應憶我。

除夕前一日蒙恩賜羊鹿雉兔鮮魚鹿尾上尊諸品恭紀二首

其一

山海奇珍鼎味充，上尊羅列歲時同。斑龍肥羜光相耀，彩羽文鱗澤並豐。頒賜例隨台輔後。自大學士張玉書、陳廷敬以下被賜者凡十三人，臣與焉。謝恩多在直廬中。一年濫竊官厨饌，素食能無愧國風。

其二

豐杠錦帕壓重重，節假歸沾湛露濃。雕俎味新調翠釜，玉泉香煖拆黄封。鄉風未敢分僚友，蘇軾《餽歲》詩：「亦欲舉鄉風。」家祭先應薦祖宗。却爲思親成感涕，君羹歸遺去聲已無從。

敬業堂詩集卷三十一

直廬集起甲申正月，盡乙酉五月。

直廬之名出《漢書·嚴助傳》注，所以處賢良文學之臣。余不才，初蒙特召，出入禁林，已踰年矣。今乃取以名集者，斷自受職之歲始，用彰恩遇，且以志愧云。

元旦太和殿早朝〔一〕

火城宛轉度星橋，香殿葐蒀接慶霄。黄繖綵旓龍影動，玉笙金管鳳音調。五雲淑氣開蓂葉，一日春風曳柳條〔二〕。前一日立春。鷺綴鴛分真忝竊，正銜初預德陽朝〔三〕。

〔一〕按，上海圖書館藏查慎行手稿《南齋日記》（以下簡稱《日記》）題作「元日早朝太和殿」。

〔二〕「開蓂葉」，《日記》作「蓂開莢」；「曳柳」，《日記》作「柳拂」。

〔三〕按，《日記》有小注：「癸未元旦，臣以未經授職，在乾清宫丹墀下行禮，今日初就班列。漢制，正月旦，天子幸德陽殿明軒。」

上元節西苑賜宴觀燈恭紀〔一〕

瓊島東瞻璧月圓，《箾韶》吹徹九重天〔二〕。壺傾瀲灩金尊溢，盤貯芳馨玉饌鮮。絳蠟班隨中使導，黄柑例許侍臣傳〔三〕。太平時節觀燈宴，既醉惟當祝萬年〔四〕。

〔一〕「節」，《日記》作「夜」。《日記》闕「關燈」二字。
〔二〕「箾」，《日記》作「仙」。
〔三〕「例」，《日記》作「恩」。
〔四〕「當」，《日記》作「知」。

是夕復侍宴東宫蒙賜玉盃恭紀〔一〕

曾從《繁露》記書名〔二〕，鶴禁傳看分外榮〔三〕。照座欲分鐙影爍〔四〕，入懷長並月胎盈。舉同彝鼎恩加重，刻作雲雷製倍精。珍重捧歸須什襲〔五〕，濁醪難向此中盛。

〔一〕《日記》題作「是日侍皇太子宴恩賜玉杯恭紀」。

〔二〕「曾」，《日記》作「早」。此句後《日記》有小注：「董仲舒《春秋繁露》有《玉杯》篇。」
〔三〕「傳看」，《日記》作「頒來」。
〔四〕「座」，《日記》作「坐」。
〔五〕「珍重捧歸」，《日記》作「從此醉歸」。

春分禁中雨

小雨流鶯外，濛濛紫界墻〔一〕。不知春過半〔二〕，但覺日添長〔三〕。白髮趨中禁，芳時感異鄉〔四〕。多煩玉階草，爲我報年光。

〔一〕「紫界」，《日記》作「隔苑」。
〔二〕「不知」，《日記》作「忽驚」。
〔三〕「但」，《日記》作「轉」。
〔四〕「異」，《日記》作「故」。

次韵答吴西齋四首

其一

青韶同調半衰遲，久缺題襟唱和詩。自詡狂呼袁彦道，難忘好客鄭當時〔一〕。長檠列幕慙分照，小蹇衝泥倘借騎〔二〕。巷北巷南曾咫尺，余借寓與西齋僅隔巷〔三〕。却從離索想追隨。

〔一〕「難」，《日記》原作「誰」，改「難」，復圈去，改「能」。
〔二〕「倘」，《日記》原作「或」，改「倘」，又改「欲」，復圈去，改「或」。
〔三〕「借」，《日記》作「舊」。又，《日記》中此條小注在下句之後。

其　二

二老居鄰共往還，謂楊玉符、孫松坪兩前輩〔一〕。舊遊歷歷笑談間。墻頭過酒傳鄉語，花底移床夢故山。萬事無如長耐冷，一官何計便投閒。舉朝才筆輸吴質〔二〕，借職猶堪押右班〔三〕。

〔一〕按，《日記》闕「楊」、「孫」二字。
〔二〕「吴質」，《日記》作「君健」。
〔三〕「堪」，《日記》作「當」。

其　三

不須作賦擬文通〔一〕，好步詞場繼《國風》〔二〕。後輩揣摩工日下，故人傳寫到吴中。時蔣西君乞假將歸〔三〕。碧香開甕春浮白，翠袖分燈夜剔紅。怪得近來貧轉甚，俸錢多半給新豐〔四〕。

〔一〕「不須」，《日記》作「不因」。

〔二〕「好步」,《日記》作「好上」。
〔三〕「時蔣西君乞假將歸」,《日記》作「時揚孫請假返吴門」。
〔四〕「多半」,《日記》作「强半」。

其四

江湖一别悔難追,誰遣閒鷗拂鳳池〔一〕。玩世何妨資客難〔二〕,低頭聊喜得吾師。同時領袖推東省〔三〕,時考選臺垣,吴名在第一。異代文章替左司。吴官户曹時,有《左司筆記》一書〔四〕。若向此中論臭味,莫言萇楚竟無知〔五〕。

〔一〕「拂鳳池」,《日記》作「誤拂池」。
〔二〕「何妨」,《日記》作「未妨」。
〔三〕「推」,《日記》作「歸」。又,《日記》闕此句後之小注。
〔四〕「有左司筆記」前,《日記》尚有「考核事實」一句;「有」,《日記》作「成」。
〔五〕「莫言」,《日記》作「莫輕」。

送同年蔣西君假歸常熟迎養太夫人二首〔一〕

〔一〕按,《日記》題作「送蔣西君同年假歸迎養太夫人之作二首」。

其一

泥金纔報隔年春，晝繡還迎白髮親〔一〕。同榜科名傳盛事，世家書畫起文人。桃花漲後移舟穩，魚藻池西賜宅新〔二〕。行前一日，奉旨賜宅於西華門内。好片尚湖烟雨色，詔恩猶許住三旬。

〔一〕「還」，《日記》作「歸」。
〔二〕「西」，《日記》作「邊」。

其二

齒序肩隨別有情，多君事我竟如兄。直廬並候花磚影，奏帖常聯紙尾名〔一〕。小立官槐曾繫馬，重來禁樹已藏鶯〔二〕。卜鄰預擬同王翰，家聲山賜宅與西君比鄰〔三〕。不爲登仙羨此行。

〔一〕「常」，《日記》作「長」。
〔二〕「禁樹」，《日記》作「苑柳」。
〔三〕「聲山」，《日記》作「諭德姪」；「比鄰」，作「儘隔一垣」。

暢春園早桃四首〔一〕

〔一〕按，「早桃」前，《日記》有「看」字。又，《日記》共八首，第二、第五、第六、第七首眉批「未刻」，今收入《輯補》卷三。

其一

記曾元夕醉香醪〔一〕，冰雪千林吐白毫。今日重來雲錦換，十分春色屬山桃〔二〕。

〔一〕「香」，《日記》作「仙」。

〔二〕「春色屬」，《日記》作「春氣到」。

其二

萬樹垂楊未放青，餘寒猶勒水邊亭。天然掩映成圖畫，横展西山作翠屏。

其三

浴日榑桑躍海東，滿天晴色曉曈曨〔一〕。仙山樓閣無重數，只在紅霞一朵中。

〔一〕「曈曨」，《日記》作「蘢葱」。

其四

烟輕霧薄景遲遲〔一〕，金碧圍中四望宜。忽憶江村寒食路，竹梢低拂兩三枝。

〔一〕「景」，《日記》作「日」。

二月二十五日駕幸西苑直廬恭紀〔一〕

翰墨林依紫苑東〔二〕，親承步輦出芳叢。萬間廣夏移天上，時直廬新經改築，上顧臣等云：「此屋比從前更覺開敞了〔三〕。」三接深恩沛禁中。身作紅雲長傍日，心隨碧草又迎風〔四〕。直廬便是披香殿，月賜虛慙赤管功〔五〕。

〔一〕按，《日記》闕「西苑」二字。

〔二〕「依」，《日記》作「開」。

〔三〕「此屋比從前更覺開敞了」，《日記》作「較前更寬敞了」。

〔四〕「隨」，《日記》作「如」。

〔五〕「月賜虛慚赤管功」，《日記》作「仰答慚無尺寸功」。

三月二日上御經筵恭紀

雲日瞻堯表，疇咨啓舜編。誰能窺聖學，猶不廢經筵〔一〕。芳宴調羹撤，花瓷瀹茗圓。是日停止筵宴，諸臣皆賜茶而退〔二〕。講官仍入直，縈袖有爐烟〔三〕。講官工部尚書臣鴻緒、掌詹臣元龍講罷，仍入南書房〔四〕。

〔一〕「廢」，《日記》作「徹」。
〔二〕按，《日記》闕此小注。
〔三〕「縈」，《日記》作「援」。
〔四〕「講官工部尚書臣鴻緒、掌詹臣元龍講罷，仍入南書房」，《日記》作「是日，講官爲大司空王公、正詹陳公，皆入直内廷」。

西苑上巳呈同直諸君〔一〕

上巳接清明，韶光滿苑城〔二〕。曉烟和柳重，夜雨爲花晴。節物春長好，年芳老自驚〔三〕。兩三修禊伴，閒話水邊行。

〔一〕「西苑上巳」，《日記》作「上巳西苑」。
〔二〕「苑」，《日記》原作「苑」，復圈去，改作「禁」。
〔三〕「自」，《日記》作「易」。

三月四日賜食榆錢糝恭紀

天上星榆歷歷看，春風吹綻小團圞。柔條摘處青成串，新火烹來翠滿盤。槐葉冷淘難比色，藜羹舊糝記同餐。他時詩向田翁説，此味曾經賜大官。

送陳陟齋都諫請假歸里即次留别原韵〔一〕

袍笏同朝萃一家，歸心偏愛故園花。清時袞職無遺闕，祖帳都門有嘆嗟。隔岸黄塵車歷鹿，渡江新月櫓伊鴉。到時親友如相問，爲道題詩字半斜。

〔一〕按，《日記》題後有「二首」二字，頁眉處有批語：「集中所刻，合兩首前後一半作一首。」前一首後二聯爲：「鷁首春波河九曲，鳥啼芳草路三三鴉。此時最好江南景，緑樹連村酒幔斜。」後一首前二聯爲「老直承明頗憶家，蹉跎又過一春花。夢隨鄉路難爲别，吟送歸人每自嗟」。

寓園紫藤花同紫滄賦

不計千枝與萬枝，玲瓏巧透竹笆籬〔一〕。圍屏倚翠成宫錦，步障留陰護紫絲。蔓引龍蛇皆上走，花披瓔珞總交垂。家園手種應如臂，忍負東風爛熳吹〔二〕。

〔一〕「笆」，《日記》作「邊」。
〔二〕「忍」，《日記》作「莫」。

偕同年何屺瞻過古藤書屋時藤花方盛開賦呈楊玉符孫松坪兩前輩〔一〕

高出檐牙又幾層，濃陰特比昔年增。重揩霧裏麻茶眼，來對堦前老大藤。一片黏須猶待拂〔二〕，千梢壓架恐難勝。祇應火急催新句〔三〕，莫謂先生病未能。時兩先生皆抱微痾，故云〔四〕。

〔一〕「偕」，《日記》作「與」；「賦呈」，《日記》作「口占索」。題後《日記》有「和」字。
〔二〕按，此句後，《日記》有小注：「戲謂屺瞻」。
〔三〕「新」，《日記》作「詩」。
〔四〕按，《日記》闕「故云」二字。

題學士姪柳邊歸院圖二首〔一〕

〔一〕按，《日記》題作「題聲山柳邊歸院圖小照二首」。

其一

一條虹影亘長隄〔一〕，玉蝀橋邊響月題。緩轡不愁歸路遠〔二〕，移家新傍禁垣西。

〔一〕「一條虹影亘長隄」，《日記》作「萬林垂柳一條隄」。

〔二〕「轡」，《日記》作「鞍」。

其　二

入直常先下直遲，風條雨葉裊鞭絲〔一〕。自從賜出飛龍厩，宋時翰林學士例賜飛龍厩馬〔二〕。不向東家借馬騎。

〔一〕「風條雨葉」，《日記》作「水光風影」。

〔二〕按，《日記》闕此條小注。

送劉雨峯出守真定〔一〕

我初遊學來帝京，漁洋夫子官司成。君時實助四門教，相臨以分稱師生。衆中期許良獨厚，洒脱不用常格程。過從往往得一醉〔二〕，叩發談議交縱横〔三〕。感君磊落有真意〔四〕，憐我遲莫方成名。五言投贈竟長幅，氣韻遒逸聲鏗鏗〔五〕。迴環首尾二十載，我鬢漸白君顔頳。郎潛索米豈不久，一麾出守今專城。風前五馬五騏驥，叱馭快作西南征。槖駞載書車載酒，緑楊夾路聞鸝鶊。常山古郡接畿輔，沙泉瀏瀏欣相迎。紅蕖繞郭雲錦爛，白鷺下浴滹沱清。行人六月汗如濯，過此盡愛徐徐行。誰歟妙手爲補繪〔六〕，鈴閣何必非蓬瀛。我今一官苦羈鞅〔七〕，欲往相就心摇旌。中山釀熟幸郵致〔八〕，毋令肺渴枯腸鳴。

〔一〕按，《日記》「送」字前尚有「題楊柳圖」四字。
〔二〕「一」，《日記》作「大」。
〔三〕「縱横」，《日記》作「籌□（此字不清）」。
〔四〕「有」，《日記》作「得」。
〔五〕「遒逸聲鏗鏗」，《日記》作「遒古聲鏘鏗」。
〔六〕「妙」，《日記》作「好」。
〔七〕「鞅」，《日記》作「絆」。
〔八〕「致」，《日記》作「寄」。

送掌詹陳乾齋前輩予假省親四首〔一〕

〔一〕按，《日記》題作「送掌詹陳乾齋先生省親歸里四首」。

其一

夜聞優詔下承明，特許朝來拜表行。親老詎應虚子職〔一〕，天高原自近人情。道存養志歸非晚，風動旁觀感亦生。欲識掉頭瀟灑意，浮雲直似從官輕〔二〕。

〔一〕「詎」，《日記》原作「詎」，復圈去，改作「豈」。

〔三〕「直似從」，《日記》作「只視一」。「從」，《原稿》作「一」。

其　二

賓僚地望冠班行，直上頻依講幄旁〔一〕。星漢文章唐許國，臚雲名第宋安陽。兩宮召對無虚夕〔二〕，三殿摛毫有報章〔三〕。誰似先生饒至性，最承恩日乞還鄉。

〔一〕「直上」，《日記》作「奪席」。

〔二〕「召對無虚夕」，《日記》與《原稿》均作「顧問無虚日」。

〔三〕「摛」，《日記》作「披」。

其　三

曾踰旱海紀開邊〔一〕，出入聲華孰比肩。館閣清才傳子弟，蓬壺歸路著神仙〔二〕。望雲地較瞻雲近，捧日心隨愛日懸。更喜一門多盛事，春帆相望五湖船。一月前，令兄陟齋乞假先行〔三〕。

〔一〕「曾踰旱海」，《日記》作「曾從扈蹕」。

〔二〕「蓬壺」，《日記》作「蓬瀛」。

〔三〕「令兄陟齋乞」，《日記》作「陟齋黄門請」；「行」，《日記》作「歸」。

其　四

枌榆鄉社舊居鄰，華髮趨朝接後塵。新樹忍攀東岸柳〔一〕，殘鶯猶戀上林春。半綸投老知何日，八座還家羡有親。總道名園成獨樂，十年書局尚隨身。時奉旨攜帶《歷朝賦彙》三百餘卷，還家校刊〔二〕。

〔一〕「新樹」，《日記》與《原稿》均作「枯樹」；「東岸」，《日記》與《原稿》均作「前度」。
〔二〕「時奉旨攜帶《歷朝賦彙》三百餘卷，還家校刊」，《日記》作「時奉旨歸刻《歷朝賦彙》」。

池上雙鶴

長鳴相和兩仙禽，多在陽坡少在陰〔一〕。偶向清池閒照影，被人猜有羡魚心。

〔一〕「坡」，《日記》作「陂」。

恩賜哆囉雨衣恭紀

短褐頻趨道路塵〔一〕，青氈猶是向來貧〔二〕。爲憐襏襫隨朝士〔三〕，特賜哆囉出罽賓〔四〕。燥濕推恩慙厚庇〔五〕，短長稱意荷終身。從今聽雨聽風候，儤直堪誇楯梐人〔六〕。

〔一〕「短褐頻趨道路塵」，《日記》作「五十餘年草莽臣」。
〔二〕「猶是向」，《日記》作「家世本」。
〔三〕「爲」，《日記》作「如」。

〔四〕「賜」，《日記》作「給」。
〔五〕「燥濕推恩慚厚庇」，《日記》作「尺寸量才慚補職」。
〔六〕「堪」，《日記》作「應」。

五月朔賜高麗米粿恭紀〔一〕

清暑初交殿角風〔二〕，又傳節物近天中。靈符舊繫千絲縷，玉粒新頒五采筒〔三〕。青蒻香分菖葉緑，銀盤光射石榴紅。雲帆不却三韓貢，拜賜還教紀祖功〔四〕。上諭云：「此米本出高麗，自太宗朝歲貢百石，爲端午上供〔五〕。」

〔一〕「賜」，《日記》作「賜食」。
〔二〕「角」，《日記》作「閣」。
〔三〕「采」，《日記》作「綵」。《日記》此句後有小注：「東坡詩：『飯筒纏五采。』」
〔四〕「教」，《日記》作「應」。
〔五〕「爲端午上供」，《日記》作「爲上供之用」。

送許不器赴任陳留

風俗陳留好，猶傳一縣名。人畊莘野徧，水入汴渠清。百里才非小，三年政必成。舊遊高李盡〔一〕，相送倍含情。乙亥秋，余曾遊梁宋間，故云。

〔一〕「高」，《日記》作「崔」。

送張裕齋郎中出守杭州〔一〕

海宇久昇平，朝家重民事。吾州繁劇郡，牧守詎輕寄。相國門多賢，先生乃其季。起家科第中，歘歷非初試。銓除例引見，人地有易置。天子稔公才，臨軒親簡畀。羣情翕然服，公望茲果遂。賤子本州民，田廬依廣庇。抒懷述所見，幸勿芻蕘棄。餘杭一都會，舊習沿浮侈。賓筵糜酒醪，徵逐共遊戲。東南際江海，隱現魚鹽市。黠者半爲商，羣羣騖聲利。梟絲雖土貢，耕紡業間墜。往時櫛比塲，十室減一二。士風最柔弱，氓俗鮮倉積去聲。好訟其性然〔二〕，因緣飽胥吏。舞文骪吾法，嚬笑巧窺伺。所以古相傳，陋邦號難治。我公朱轓出，福曜光燭地。才大實恢恢，心虛恒惴惴。平生開濟瞳，夙昔澹泊志。道路方欣瞻，風聲已先馳。星羅九屬邑，催科兼撫字。公行示以廉，表帥勵下位。百族豐确殊，噢咻同體視。公行示以儉，變化需漸漬。必若蝥蠹豪，先須扶善類。弊當去太甚，利或興以次。洵知鸞鳳仁，遠勝鷹隼鷙。公餘愜雅尚，山水領幽致。開閤挹清虛，褰帷納空翠。澄泓千萬頃，高下三百寺。日爲湖上遊，原不廢填委。吟賡白蘇什，手續歐梅記。寧待報最期，竚看璽書賜。

〔一〕「郎中」，《日記》作「由户部」。
〔二〕「其」，《日記》原作「其」，後改作「豈」。

苑中聞鶯〔一〕

晝與人聲静，墻兼晷影移〔二〕。四圍千碧樹，百囀兩黄鸝。椹熟蠶應老，芒疎麥正垂〔三〕。未聾雙耳在，爲爾立多時。

〔一〕按，《日記》題後尚有「偶作」二字。
〔二〕「墻」，《日記》原作「庭」，圈去，改「墻」，復圈去，改「庭」。《原稿》亦作「庭」。
〔三〕「正」，《日記》作「尚」。

五月二十六日喜雨〔一〕

前夕齋壇撤醮回，西郊今日忽聞雷。一軒傍水看雲起，萬木無風待雨來。聖與天通終應禱〔二〕，人言旱久未成灾。願敷甘澤沾濡意〔三〕，膚寸崇朝徧九垓。

〔一〕按，《日記》題中闕「日」字。

〔二〕按，《日記》此句後有小注：「北郊前，上因久旱，親禱黑龍潭。」

〔三〕「敷」，《日記》作「將」。

雨後暢春園池上作〔一〕

林亭片雨過，萬緑濃於染。葉杪滴殘聲，波紋蕩餘點。暑景猶未徂，凉風遽相感。平生微尚在，老去孤蹤忝。復此坐幽清〔二〕，自然塵慮澹。

〔一〕按，《日記》題作「雨後池上納凉」。

〔二〕「坐」，《日記》作「領」。

題陳允升塞外牧羊圖後四首〔一〕

〔一〕按，《日記》闕「四首」二字。

其一

誰護儲胥崎糗粻，開邊端合用陳湯。即看士馬歡騰後，宴犒猶餘萬角羊。

其　二

鞭策曾趨萬騎先，鐃鉦親扈六飛旋〔一〕。當初應笑柊中監，雪北蒙氈十九年。

〔一〕「鐃鉦」，《日記》作「鉦鐃」。

其　三

横草功名一例看，牧羊何似牧民難。郎潛此日憐頭白，辛苦邊州兩政官。

其　四

春草如秧際緑蕪〔一〕，驅羣何日首歸途〔二〕。一蓑烟雨村南北，添寫巾箱《考牧圖》。

〔一〕「際」，《日記》作「帶」。
〔二〕「途」，《日記》作「塗」。

大雨下直至自怡園〔一〕

急雨催歸騎，虚檐警夕聽〔二〕。勢沉三徑竹〔三〕，漚散一池萍。穴蟻緣林木，跳蛙入户庭〔四〕。最宜新浴罷，坐看鶴梳翎〔五〕。

〔一〕按,《日記》闕「至自怡園」四字。

〔二〕「檐」,《日記》作「窗」;「夕」,《日記》作「晚」。

〔三〕「勢沉」,《日記》作「聲摇」。

〔四〕「入」,《日記》作「滿」。

〔五〕「坐」,《日記》作「閒」。

題蕉士上人扇頭墨竹

老僧指上微凉起,攜入先生懷袖中。好是緑筠亭上坐,墨光含雨筆摇風〔一〕。

〔一〕「含」,《日記》作「如」;「摇」,《日記》作「如」。

移寓城南道院納凉〔一〕

不信人間有鬱蒸,好風來處晚凉增。滿城鐘磬初生月,隔水簾櫳漸吐燈。書少只宜高閣庋,牆低聊當曲欄憑。白須道士休相避,我已身如退院僧〔二〕。

〔一〕按,《日記》題作「移寓高廟晚凉喜作」。

〔二〕「如」,《日記》作「同」。

玉蝀橋觀荷花和張研齋前輩〔一〕

水風凉透鷺鷥肩，一鏡争窺萬柄蓮〔二〕。不是玉樓金殿影，直疑身在過湖船。

〔一〕「研齋」，《日記》作「衡臣」。
〔二〕「窺」，《日記》與《原稿》均作「開」。

雨中獨直南書房〔一〕

窅窅九重關〔二〕，沈沈萬壽山。雨來聲更静〔三〕，天上坐能閒。寓意同休沐，浮踪信往還。御溝新漲急，歸及聽潺潺。

〔一〕「南書房」，《日記》作「内廷」。
〔二〕「窅窅」，《日記》作「窈窈」。
〔三〕「更」，《日記》作「愈」。

大雨出前門口占

猛勢如潮欲撼城，九衢暴漲一門争。去年六月灤河北，雷轉空山是此聲。

送陳子文出守石阡八首〔一〕

〔一〕按，《日記》題作「送陳子文赴石阡太守任」。

其一

橐筆多番到直廬，墨淋漓灑玉蟾蜍。一麾自擁君恩出，礱石先應刻御書。君爲部郎時，屢召赴南書房作行楷書，前後再賜宸翰〔二〕。

〔二〕按，《日記》闕此條小注。

其二

瘦嶺荒江路七千，一家迢遞向蠻天。不知賧布巴賨外，可有公畦太守田。用《南史·伏暅傳》事。

其三

鳥道中開斗大城，嫭歌處處合蘆笙。風流郡伯褰帷入，赤脚花鬘次第迎。

其四

清香晝静雙枝戟，碧樹春垂小桁簾。預筭鈴齋無俗事，一泓冰鏡照吟髯。

其　五

碑版光傳照裔文，臨池妙手繼鵝羣。翻防訟牒紛難却，判尾争先乞使君。

其　六

四十年來好弟兄，夢中曾共躡蓬瀛〔一〕。子文初赴選，夢與余兄弟同入朝，已而果驗〔二〕。白頭岐路天南北〔三〕，忍便匆匆賦《渭城》。

〔一〕「躡」，《日記》作「入」。

〔二〕按，《日記》闕此條小注。

〔三〕「岐路」，《日記》原作「岐路」，後圈去，改爲「此別」。

其　七

短衣猶記走邊頭，熢火遥連古智州。今日故人乘傳去，太平時節話前游。庚申、辛酉，余在貴陽幕府，故及之〔一〕。

〔一〕按，《日記》闕此條小注。

其　八

宦蹟知從歷政深，單裝寧肯負初心。歸舟不載葵花石，要使清名過鬱林。《石阡府志》：「城南

龍洞有兩石，如盤形，類葵花。洞中産紋石，俗名醮果，任人賞玩，不得攜歸。」〔一〕

〔一〕按，《日記》闕此條小注。

恭和御製山左豐年歌原韵〔一〕

《周官》荒政皆仁政〔二〕，散利恒先重民命〔三〕。平時蓄衆道維慈〔四〕，臨事承天心以敬〔五〕。五行《疇範》推皇建，九扈農祥視晨正。堯湯水旱其數然，補救由人乃前定〔六〕。吾君御宇軫卹頻〔七〕，流膏沛潤沾幽淪〔八〕。厚培亭毒煦春律〔九〕，峻極穹蓋函秋旻〔一〇〕。偶逢小眚占俗儉〔一一〕，特涣大號賙甿貧〔一二〕。開倉立發千萬億，遣吏徧荷咨諏詢。飛鴻在野集在澤〔一三〕，六府九紀咸平均〔一四〕。東人誰能忘帝力，艱食俄聞奏鮮食。禾苗長畝二麥登〔一五〕，鼓腹依然安作息〔一六〕。向來睿慮每宵衣〔一七〕，至是天顔同霽色〔一八〕。明朝尺一傳山莊〔一九〕，帝庸作歌庶事康。太平有象省惟歲〔二〇〕，飢溺已拯猶如傷〔二一〕。《豳風》十月獻朋酒〔二二〕，羣祝萬壽期無疆。可知先憂後樂意，覆載莫媲恩難量。小臣矢詩紀上瑞〔二三〕，更願岳牧勤官方〔二四〕。

〔一〕按，《日記》題作「伏讀聖製豐年歌恭次原韻」。

〔二〕「荒政皆仁政」，《日記》作「十二臚荒政」。

〔三〕「恒先」，《日記》作「先當」。

〔四〕「蓄衆道維慈」，《日記》作「撫衆曰惟仁」。

〔五〕「心」，《日記》作「胥」。

〔六〕「乃」，《日記》作「事」。

〔七〕「吾君御宇」，《日記》作「吾皇臨御」。

〔八〕「流」，《日記》作「恩」。

〔九〕「培」，《日記》作「滋」；「律」，《日記》作「日」。

〔一〇〕「穹蓋函」，《日記》作「函蓋□」。

〔一一〕「逢」，《日記》作「聞」；「占俗」，《日記》作「報嵗」。

〔一二〕「特涣大號賙甿貧」，《日記》作「特沛大賚憐民貧」。

〔一三〕「飛鴻」，《日記》作「鴻飛」。

〔一四〕「六府九紀」，《日記》作「雨露派被」。

〔一五〕「禾」，《日記》作「黍」。

〔一六〕「鼓腹」，《日記》作「三郡」。

〔一七〕「向來睿慮每宵衣」，《日記》作「向來軫念煩宵肝」。

〔一八〕「同」，《日記》作「有」。

〔一九〕「尺一」，《日記》作「好語」。

〔一〇〕「太平有象省惟歲」，《日記》作「生成無私物咸遞」。
〔一一〕「猶」，《日記》作「心」。
〔一二〕「十月獻朋酒」，《日記》作「七月俗淳樸」。
〔一三〕「紀上瑞」，《日記》作「頌無逸」。
〔一四〕「更願岳牧」，《日記》作「願勖□爾」。

伏讀御製山莊書懷賜大學士詩恭次扇頭原韻〔一〕

雨暘時若驗陰晴〔二〕，無逸心周稼穡甿〔三〕。夏壠已聞收翠浪，秋塲旋見擣紅粳〔四〕。仁風被賜先元老，喜色騰懽徧列卿。共識宸章難仰答，太和元氣在咸英〔五〕。

〔一〕按，《日記》題中「伏」作「恭」，「御」作「聖」，「恭賜扇頭」作「仰和」。又，「詩」字前，《日記》有「七言律」三字。
〔二〕「驗」，《日記》作「卜」。
〔三〕「無逸心周」，《日記》作「睿慮還周」。
〔四〕「見」，《日記》作「聽」。
〔五〕「在」，《日記》作「屬」。

疊納涼韻戲答俞扶九侍御〔一〕時同寓道院

晨烟夕靄氣蒸蒸，秋水門前幾尺增。止酒免償鄰負債，施油催點佛龕燈〔二〕。嫩莎院落晴聯步〔三〕，獨樹軒窗雨對憑〔四〕。寓庭有白楊一株〔五〕。除却入朝須起早，兩鰥何事不如僧。

〔一〕按，《日記》「涼」後有「前」字，「答」作「索」，「侍御」後有「和」字。

〔二〕「點」，《日記》作「上」。

〔三〕「晴」，《日記》作「長」。

〔四〕「獨樹」，《日記》作「積雨」；「雨」，《日記》作「每」。

〔五〕按，《日記》闕此條小注。

古詩四章上座主孝感相國壽

其一

火維靈奥區，灝氣恣磅礴。洞庭匯溟涬，石廩聳寥廓。五百應昌期，元精鼓橐籥。大儒乃篤生，作鎮配川嶽。恭惟我夫子，異采輝井絡。曳履上星辰，訏謨重帷幄。迴翔密勿地，獨力斡樞略。立極奠六鰲，清剛礪鐮鍔。道原幸有賴，不數平津閣。

其二

正學日淪替，百家紛語言。我公實聞知，洙泗窮淵源。妙窺千聖秘，月窟兼天根。理障快掃除，焕如朝吐暾。發揮爲事業，突兀搘乾坤。峨峨千丈松，迥立無攀援。經邦實致治，吾道中行存。

其三

勝國史未成，簡編就殘脱。門户互排挂，文獻恐澌没。聖朝樹立遠，損益鑒前轍。大筆待鉅公，是非辨毫髪。六館既弘啓，四部亦燦設。貫穿三百年，搜抉十万帙。迢遥溯開創，細瑣逮季末。非公習掌固，何由發囊括。獨成一代書，凛凛《陽秋》筆。

其四

贊化非一塗，調元歷三紀。朝端立樞極，夔下收杞梓。五度入南宫，至尊深倚毗。請看百僚上，盡屬門牆士。一歸出懇誠，進退鮮愠喜。重來資啓沃，未許久田里。公之視浮榮，奚啻若敝屣。角巾就邸第，寢食善名理。上日攬揆辰，川流同岳峙。采芝猶有待，傳菊煩中使。平格天所豐，稱觴今以始。

王學菴給諫移寓保安街有詩見寄次答二首

其　一

笑檢空囊付晝叉，不妨家具少于車。篋中諫紙傳新草，唐制，拾遺官月給紙二百張，名諫紙。牆角吟蛩報晚花。置酒可能邀北郭，賣書端合問東家。十年瘴嶺煙江路，容易星回博望查。學菴兩任黔、粵縣令〔一〕。

〔一〕按，《日記》闕此條小注。

其　二

轆轤綆轉石欄邊，僦屋曾棲蒲褐禪。余壬午、癸未間曾僦居此街〔二〕。古井再經愁雨塌，舊交重聚得天憐。明燈照壁何愁蠍〔三〕，緑樹當門定有蟬。稍待泥乾走相覓，看君新竈起茶烟。

〔二〕「僦」，《日記》作「寓」；「街」，《日記》作「巷」。

〔三〕「何愁」，《日記》與《原稿》均作「翻防」。

得朱悔人石泉書却寄

蛛絲繳繞鵲聯翩，信使來從古石泉。躝足憐渠行萬里，尺書報我閲三年。天垂馬閣真奇險，官到龍州類左遷〔一〕。相勸白頭須作達〔二〕，好詩題徧好山川〔三〕。

〔一〕「類」，《日記》作「似」。
〔二〕「相勸」，《日記》作「勸爾」。
〔三〕「題」，《日記》作「吟」；「山川」，《日記》作「西川」。

奉祝崑山徐太夫人七十壽〔一〕

早相中朝黼黻臣，晚攜麟鳳拜恩綸。五千歲裏三秋節，二十年來八座人〔二〕。星漢高源占寶婺，門牆餘廕在儒紳。黄花酒暖金桃熟，遥指西池是海濱〔三〕。

〔一〕按，《日記》闕「奉」字。
〔二〕「人」，《日記》作「親」。
〔三〕「西」，《日記》作「瑶」。

史蕉飲前輩招集一畝園分賦〔一〕

踏屧衝泥取次行〔二〕，重來忽漫聽秋聲。空園樹比昔年老，積雨天逢今日晴〔三〕。世上官情閒最好，詩中澹味煉難成。韓家潭外如鉤月，愛領新涼到鳳城〔四〕。

〔一〕按,《日記》「分」字前有「與諸同人」四字。
〔二〕「踏屐衝泥取次行」,《日記》作「喜聽門前剥啄聲」,「喜」字又改爲「卧」字。
〔三〕「空園」,《日記》作「空庭」;「今日」,《日記》作「三日」。
〔四〕「愛領」,《日記》作「并領」。

月夜城南水閣偶集分韵得白字即題陳濂村峨眉詩草後〔一〕

高閣倚秋清〔二〕,天空露華白。水風吹月上,去我若咫尺〔三〕。此時一尊酒〔四〕,遠致三峨客。稍稍召朋儔〔五〕,羅羅飣肴核。盍簪非意料,邂逅心莫逆〔六〕。君生公相家,名上金閨籍。七年行蜀道,尚爾好顔色。懷袖有峨眉,雲烟落几席〔七〕。茲山洵僻左,迥與中原隔〔八〕。鬬險出五丁,蠶叢始開闢。君才雖小試,實佐籌邊畫〔九〕。談笑無滯機,登臨挾仙翮〔一〇〕。徑危蛇倒退,石惡劒中劈〔一一〕。日月光攝身,雷霆伺投隙。雪山帶西竺〔一二〕,萬里赴絡繹。豈非所歷高,參井手可摘〔一三〕。不然域外觀,詎肯供汝役〔一四〕。人生百年内,知著幾兩屐〔一五〕。柰何塵鞅羈,蹞步恒跼蹐〔一六〕。哦詩撫清景〔一七〕,不醉良可惜。努力營一歡〔一八〕,流連盡今夕。

〔一〕按,《日記》題作「月夜城南水閣雅集分得白字時陳堯愷初自蜀中歸出示游峨眉詩草」。

〔二〕「高閣秋」，《日記》作「積雨洗」。

〔三〕「若」，《日記》作「如」。

〔四〕「此時一尊酒」，《日記》作「何期一斗酒」。

〔五〕「召朋儔」，《日記》作「具杯盤」。

〔六〕「盍簪非」，《日記》作「一歡作」；「心」，《日記》作「皆」。

〔七〕「几」，《日記》作「吾」。

〔八〕「茲」，《日記》作「此」；「原」，《日記》作「人」。

〔九〕「畫」，《日記》作「策」。

〔一〇〕「登臨挾仙翮」，《日記》作「篇章特餘力」。

〔一一〕「劈」，《日記》作「劃」。

〔一二〕「帶」，《日記》作「去」。

〔一三〕「豈非所歷高」，《日記》作「裔疑天可捫」；「參井手可摘」，《日記》作「平視星堪摘」。又，此聯後，《日記》尚有「何人能到此，毋乃挾仙翮」二句。

〔一四〕「域外觀」，《日記》作「萬象驟」。又，此聯后，《日記》尚有「浮蹤感□□，即事論今昔」二句。

〔一五〕「人生百年内」，《日記》作「已知生有涯」；「知」，《日記》作「當」。

〔一六〕按，《日記》闕「奈何塵鞅羈，蹞步恒踢蹐」二句。

〔一七〕「哦詩撫」，《日記》作「眼前有」。
〔一八〕「努力營一歡」，《日記》作「後會且勿論」。

題史耕巖前輩收綸轉棹圖四首〔一〕

〔一〕按，《日記》闕「四首」二字。

其　一

銜尾船裝壓浪書，鱸鄉風物比何如。羨君别具經綸手〔一〕，釣綫隨身自卷舒。

〔一〕「具經」，《日記》作「有絲」。

其　二

賞花曾記把魚竿，南史家傳學士冠〔一〕。四十年中三掌誥，鳳池何似五湖寬〔二〕。

〔一〕「南史」，《日記》作「鳳怡」。
〔二〕「鳳池何似」，《日記》作「皇恩還授」。

其　三

拍殘銅斗酒初醒〔一〕，射鴨堂連避暑亭。想得卸帆秋正好，水花風葉滿鷗汀〔二〕。

〔一〕「拍殘銅斗」，《日記》作「江楓吟罷」。

〔二〕「卸」，《日記》作「落」；「風葉滿鷗汀」，《日記》作「紅影帶蜻蜓」。

其四

千里波光一曲移，西風吹老碧蓴絲。畫圖愛寫湖山意，未是先生乞賜時。

熊質均年伯五十壽

半百韶華九九辰，重陽前一日〔一〕。紅萸黄菊一番新。堂前接武尚書履〔二〕，膝下承顔進士巾。次君與余同年。風月無邊邀客賞，虀鹽有味愛官貧。時官國子學正。盈觴酒美須勤置，共識清醇似主人。

〔一〕按，「重陽」前《日記》有「壽誕」二字。

〔二〕按，《日記》此處有小注：「大司空尚在堂。」

陳濂村新闢書屋名曰萍廬中秋後二日招同人宴集分韻得明字〔一〕

名園十年别，乙亥夏，與濂村共醉高陽相國園亭。蜀道萬里行〔二〕。自爾好會稀，轉頭歲峥嶸。聞君昨報最〔三〕，還裝及秋晴。相公顧之喜，東閣客已盈。吾老不曉事，頹然廁羣英。開筵亦見招，謂是門下生。坐我三間廬，酌以一角觥〔四〕。爲言聚散地，遠近豈有程。點池忽西東，浮海或合并。所以顔此室〔五〕，而取萍爲名。吾意殊不爾，勸君還細傾。君才本謫仙〔六〕，偶然去瑶京。玉堂手種樹，再到陰已成〔七〕。况復芝蘭砌，連枝合田荆。謂潛齋學士〔八〕。胡爲不自廣，猥作詩人鳴。如余乃萍耳，一葉漂大瀛。舉頭望秋空，雲月遞微明。後期難預必，得句且再賡〔九〕。

〔一〕「宴集」，《日記》作「宴飲其中」。

〔二〕「名園」，《日記》作「趨庭」；「蜀道」，《日記》作「叱馭」。又，《日記》闕句間小注。

〔三〕「聞君」，《日記》作「聞子」。

〔四〕「酌以一角觥」，《日記》作「酌我已巨觥」。

〔五〕「所以顔此室」，《日記》作「不以歡此居」。

〔六〕按，《日記》闕「君才本謫仙，偶然去瑶京」二句。

〔七〕「到」，《日記》作「至」。

〔八〕按，《日記》闕此小注。

〔九〕「後期」，《日記》作「一歡」；「得句且再賡」，《日記》作「得酒且合并」。

送靖安叔歸硤石三首〔一〕

〔一〕按，《日記》四首，第四首集不載，《日記》題作「送静安叔南歸」。

其一

畫鼓朱旗曉日開，廣場千步浄無埃。紫光閣下通名姓，曾與天潢較射來〔一〕。紫光閣在玉蝀橋西南〔二〕，武殿試日，皇上率東宫、諸王先升御幄，步射畢，諸進士乃排班。

〔二〕「天潢」，《日記》作「諸王」。

〔三〕按，《日記》闕此句。

其二

文武家聲荷主知，右班特許綴蛾眉。一門盛事傳希有，親見穿楊入彀時。叔赴殿試日〔一〕，余與聲山姪俱奉特旨賜坐西班觀射〔二〕，時以爲榮。

〔一〕「叔赴殿試日」，《日記》作「是日」。

〔二〕「賜坐西班」，《日記》作「赴紫光閣」。

其　三

最喜高堂有老親，還家初换綵衣新。兩山霜葉紅於錦，馬上争看第一人。余家以武科登第者自叔始。

總憲蔣裕菴先生輓詞二首〔一〕

〔一〕「詞」，《日記》作「詩」，題闕「二首」二字。

其　一

副相聲華重，恢然德宇宏。青雲多故吏，黄閣是門生。相國桐城公出先生禮闈分校門下〔二〕。氣壓松阡肅，霜留柏府清。憲臺傳故事〔三〕，存没備哀榮。

〔二〕「相國桐城公出先生禮闈分校門下」，《日記》作「謂相國桐城公」。

〔三〕「憲臺傳故事」，《日記》作「滿臺推碩望」。

其　二

帝里移家久，堂開緑野宜。庭惟栽玉樹，坊亦號靈芝。卿月流丹旐，商飆卷素帷。《薤歌》聲咽處，慘動是南司。

大宗伯長洲韓公挽詞四首〔一〕

〔一〕「詞」，《日記》作「詩」，題闕「四首」二字。

其一

昭代文章伯〔一〕，精靈造化鍾。同朝瞻進退〔二〕，上殿畫儀容。獨具回天力，羣歸秉禮宗。逍遥歌曳杖，泰岱忽摧峯〔三〕。

〔一〕「昭」，《日記》作「曠」。
〔二〕「進退」，《日記》作「舉止」。
〔三〕「逍遥」，《日記》作「忽聞」；「忽」，《日記》作「已」。

其二

五雲臚唱後，八代起衰時。制藝東朝讀，皇太子手選先生制藝文一册，曾出示慎等。才名四裔知〔一〕。直惟憑帝鑒，清并畏人知〔二〕。物望關存歿，非公更屬誰？

〔一〕「東朝」，《日記》作「諸王」；「知」，《日記》作「馳」。《日記》闕句間小注。
〔二〕「并」，《日記》作「且」。

其　三

昔去絲綸地〔一〕，還朝又十年。高風仍館閣，雅尚自林泉。一病歸難料，先生以病乞歸，奉旨留京調理〔二〕。初心老倍堅。尚餘毫髮恨〔三〕，悵望五湖船。

〔一〕「去」，《日記》作「别」。
〔二〕按，《日記》闕此小注。
〔三〕「恨」，《日記》作「憾」。

其　四

折柬曾蒙召〔一〕，扶床得幾回。泥塗遲下直，函丈失追陪。七月二十日，公病間手札見招，是日，慎行下直稍晚，不及趨赴，遂成永訣〔二〕。遺墨真堪寶，藏緘忍再開〔三〕。寢門纔隔月，今爲哭公來。

〔一〕「曾」，《日記》作「頻」。
〔二〕按，《日記》闕此小注。
〔三〕按，《日記》有小注：「七月二十日，公病稍□，手札見招，以下直稍遲，不及赴。」

題吴震一中翰詩藁後

張介山。吕山瀏。論交付刹那〔一〕，吴均風義老研磨。芸香俸校三年淺〔二〕，藥樹吟成五夜多。白樂天《禁中夜直詩》：「藥樹陰中惟兩人。」〔三〕妙手不妨偷格律，長才倘肯乞餘波。一樓準約山邊住〔四〕，山邊一樓，震一舊以名集。拍手猶能作和歌。

〔一〕按，《日記》闕「介山」、「山瀏」四字。

〔二〕「校」，《日記》作「較」。《日記》此句後有小注：「樂天詩：『猶緑半月芸香俸』。」

〔三〕「白樂天」，《日記》作「又」；「陰」，《日記》作「影」。

〔四〕「準」，《日記》作「倘」。《日記》闕小注。

東宫召赴西園賜觀皇上御書匾額大小二十有九恭紀七律八章〔一〕

〔一〕「東宫」，《日記》作「皇太子」；「園」，作「苑」；「七律」作「七言律詩」。

其一

元氣淋漓萬象融，欣瞻宸翰闢鴻濛。瑶源珠海來仙島，鳳翥鸞翔下震宫。光射臨池知浴日〔一〕，筆隨運肘想生風。一時喜色關飛動，嵩祝齊傳抃舞中〔二〕。

〔一〕「射」，《日記》作「動」；「浴」，《日記》作「沐」。

〔二〕「嵩祝齊傳」，《日記》作「聖壽齊呼」。

其　二

爐烟直上護氤氲，松棟虹梁燦欲分。殿閤香風浮墨氣，河山秀色映天文。畫傳羲《易》籌圖秘，念切周《詩》稼穡勤〔一〕。御書「知稼軒」、「無逸齋」〔二〕。共紀本朝家法古〔三〕，書屏銘座付儲君。

〔一〕「詩」，《日記》作「書」。
〔二〕「知稼軒無逸齋」，《日記》作「無逸齋知稼軒」。
〔三〕「紀本」，《日記》作「仰聖」。

其　三

真覺謙尊道益光，「謙尊堂」，亦御書匾〔一〕。不名宫殿但名堂。擘窠寧羡書飛白〔二〕，響榻難橅紙硬黄。賜出形模隨大小〔三〕，琢成體製合圜方〔四〕。吾皇慈愛青宫孝，欽仰時親黼座旁。

〔一〕「匾」，《日記》作「所賜者」。
〔二〕「寧」，《日記》作「肯」。
〔三〕「大小」，《日記》作「小大」。
〔四〕「琢」，《日記》作「規」。

其　四

到處黄金榜御書，太平堂構慶端居。晨曦燭地光相並〔一〕，列宿周天數有餘。大業時時遊藝圃〔二〕，嘉名一一取經畬。「日知」舊額重鈎勒，開卷猶思出閤初。「日知堂」，皇太子初出閣時上所賜額也，今移入苑中。

〔一〕「並」，《日記》原作「映」，圈去，改作「射」。

〔二〕「大」，《日記》作「慧」。

其　五

翠籞東連紫界牆，林泉交映藹秋方。龍樓問寢宵常早，鶴禁娱暉景正長。藻井非烟呈五采〔一〕，璇題如鏡啓重光。凌雲百級丹梯上，頭白應嗤老仲將。

〔一〕「藻井」，《日記》作「珠箔」。

其　六

萬丈光芒出檻前，煌煌禁扁稱高懸。堯階茅土原同儉，文囿風光共一天。玉案浮花開漆硯〔一〕，銀鈎寫月向澄川。凡魚欲作鯤鵬化，御墨吞來骨盡仙〔二〕。

〔一〕「案」，《日記》作「硯」；「漆硯」，《日記》作「藻井」。

〔三〕「盡」，《日記》作「亦」。

其七

筆陣縱横氣總降，帝書亘古擅無雙。九苞翽羽連翩起，萬斛龍文獨力扛。迸散繁星懸兩曜，盡收千派納長江。人間欲見曾多得，轉幸身依青瑣窗〔一〕。

〔一〕「青瑣」，《日記》作「雲霧」。

其八

茫茫學海望無涯，上殿恭承異數加。目炫管中窺日月，夢回衣上帶雲霞。歐蘇小記榮天藻〔二〕，羲獻真傳屬帝家。愧作玉皇香案吏，難濡柔翰繪光華〔三〕。

〔二〕按，此句後《日記》有小注：「歐陽修、蘇軾皆有《御書飛白記》。」

〔三〕「濡」，《日記》作「將」。

恩賜新刻御製詩集恭紀二首

其一

宵旰孜孜四十年，元音和暢在詩篇。天章久與絲綸播，御集新成琬琰鐫。逸韻鏗金還戛玉，祥風户誦復家絃。《關雎》《麟趾》胥王化，詩教原推《雅》《頌》先。

其二

武功文德並宣揚，間采風謡到省方。畊鑿萬方民擊壤，《簫韶》九奏帝垂裳。典謨媲美尊虞夏，花月成篇陋漢唐。拜捧瑶編還惕息，難憑諷咏答恩光。

恩賜御園十種蒲桃恭紀〔一〕十種者：一伏地公領孫，二伏地黑蒲桃，三伏地瑪瑙蒲桃，四哈密公領孫，五瑣瑣蒲桃，六哈密緑蒲桃，七哈密紅蒲桃，八哈密黑蒲桃，九哈密白蒲桃，十馬乳蒲桃。

上林名果味芳鮮，采摘均從雨露邊〔二〕。色借紫青相照曜，顆分大小各勻圓〔三〕。流來馬乳香先噀，釀出龍池品盡仙〔四〕。便與櫻桃同飽食，紀恩難罄益州牋。成都有十樣箋。

〔一〕「賜」，《日記》作「恩賜」。又，《日記》闕題下注。

〔二〕「上林名果味」，《日記》作「龍珠馬乳並」；「采摘均從」，《日記》作「十種均頒」。

〔三〕「顆」，《日記》作「種」。

〔四〕「流來」二句，《日記》作「瓊漿餘潤流三館，玉頦隨風落九天」。

十二月十九早奉東宫令南苑冬夜寒甚偶見硯池結冰以硯池冰爲題汪灝錢名世查慎行蔣廷錫四人可各賦七律一首又自製七律以示改正雪明書幌易生寒水静圓池墨未乾乍結琉璃漆硯裏自成珠玉彩毫端微涓倍有清瑩色一滴還深碧錦端凍釋烟雲浮几上須知下有黑蛟蟠臣慎行恭和云〔一〕

研朱滴露一泓寬〔二〕，喜見冰花結作團。粉色映箋雲母白，墨光鋪几水精寒。入懷珠玉生奩底，呵氣蛟龍上筆端。計日東風先解凍，詞源如海富波瀾〔三〕。

〔一〕按，《日記》題作「恭讀皇太子詠硯池冰詩應令亦賦一律」。又，「示」，《原稿》作「俟」。

〔二〕「研朱滴露一泓寬」，《日記》作「硯池如海富波瀾」。

〔三〕「計日東風先解凍，詞源如海富波」，《日記》作「憑仗東風爲解凍，一泓雖少受恩寬」。

十二月二十日奉旨特授編修感恩恭紀四首〔一〕

〔一〕按，《日記》止於詩題，後缺損，題作「特授編修謝恩四首」。

其一

綸書璀璨下金鑾，同直三人並授官。同日被旨者：汪灝、蔣廷錫及臣慎行，共三人。湛露九重頻渥澤，條冰一署不知寒。登瀛路許迴翔入，翰林舊制，庶吉士俱於二門外下馬，授職後乃騎馬入登瀛門。藏閣書容次第看。總是鰲峰清切地，渾忘弱羽簉鵷鸞。

其二

玉堂故事久相傳，常吉多充弟子員。支俸例教同七品，隨班特荷免三年。庶吉士例須教習三年，再經御試，然後授職。先是，臣等以供奉内廷，特免教習，皆異數也。身依香案初稱吏，詔賜頭銜不待銓。自沐榮光心竊媿，愧居四十六人先。癸未科進士，除一甲三人外，與館選者四十九人，余名在第二。

其三

螭頭龍尾上陂坨〔一〕，拾級重經拜命過。步接彤扉仍注籍，名聯黃紙儼登科。較量前輩榮真冒，比並同年幸最多。章服不殊恩遇異，一行歸騎擁鳴珂。

〔一〕「坨」，《原稿》作「陀」。

其四

共道遷鶯傍上林，姓名從此列朝簪。身微彌覺栽培厚，地近尤蒙教養深。應臘蘭芽初茁玉，先春柳綫已拖金。傾心一寸同葵藿，長托堯階仰照臨。

除夕前二日恩賜御書大福字恭紀

景福欣逢介福辰，自天題處自天申。萬年鳳藻輝宸極，一顆驪珠賜侍臣。捧出深宮榮並受，懸同御扁墨長新。箕疇更衍無疆祝，敷錫從知徧庶民。

恭和御製除日晚宴原韵

景運循環紀始終，年年嘉慶與民同。鈞天律轉冰霜候，大地春回雨露功。詔許勳庸承曲宴，時無水旱廑宸衷。小臣與凜豐侯戒，既醉恩深聖訓中。恭讀御製，有「平生惡酒難堪飲」之句。

王學菴生子走筆賀之六首以下乙酉稿。

其　一

六十生兒似較遲，却緣難得轉稱奇。芝田蕙畮從人説，瓊樹天生只一枝。

其　二

拾得陳後山詩：「黄家生子名拾得。」添丁未足論，烏衣餘慶自清門。直同膝上看文度，抱子心情當抱孫。

其　三

諫草焚來盡去聲有書，芸香何用辟蟫魚。先教識透之無字，徐讀巾箱萬卷餘。

其　四

雙眼摩挲喜可知，緑槐陰發去年枝。待君添種三株樹，要看凌雲合抱時。

其　五

湯餅筵前客坐深，掌中擎出是璆琳。隔簾不用催絲竹，兒笑兒啼盡好音。

其　六

天上麒麟見未曾，他時摩頂記徐陵。老夫自詡言多驗，身是人間現在僧。

奉題少詹彭先生捫腹圖

大彭遠祖商老籛，世家柱下爲神仙。旁人見公腹便便，矢口但稱邊孝先。我公稽古如力田，白晝那肯成高眠。承明出入三十年，朝回日日手一編。撑腸卷軸富五千，大筆無過許與燕。兩宮顧問召屢前，官非不達學愈專。緑衣有語然不然，先生笑指池上蓮。誰其畫者調丹鉛，此意或向知音傳。

應皇太子令咏白杜鵑花

鶴林花本神仙種，名字雖同色不同。一自根株歸閬苑，獨留冰雪向春風。披香欲奪氍毹艷，「披香殿上紅氍毹」，蘇軾《咏杭州南漪堂》杜鵑花句。勅賜休誇躑躅紅。白居易詩：「一名山躑躅，一名杜鵑花。」王建詩：「勅賜一窠紅躑躅，謝恩未了奏花開。」從此三更枝上月，定無啼血染芳叢。

見可亭姪新柳詩偶作一首

偶爲長條作短行，此聲不是笛中聲。時清關塞無攀折，路近章臺有送迎。濯濯應憐前度態，依依長帶故園情。春來縱得東風力，莫倚纖腰便鬭輕。

祈穀壇西北積水十餘頃四時不竭每旦有羣鳧游泳其間因名之曰野鳧潭口占一絶

潭潭積潦浸城隈，不長菰蒲長水菭。我夢江湖歸未得，野鳧何事却飛來。

和周邁菴都諫閒居雜咏兼簡學菴西齋四首

其　一

三間道院例支錢，薄俸分緡月二千。日日日長閒鎖却，一燈歸照夜棲禪。

其　二

芹泥融棟燕巢新，小社回頭已過春。我本無家一房客，可憐飛鳥更依人。

其　三

又作三年住帝鄉，蕭齋有味是蒼涼。牆頭山色門前水，不忍移居過别坊。

其　四

官曹西省連東省，門巷青楊接白楊。道是閒居閒不得，得閒翻爲和詩忙。

下直偶過學菴齋明日學菴以詩索和次原韵

緑樹陰中着兩屩，夕陽移影過東隅。唱酬互入新詩卷，時學菴與元朗編刊《掖垣唱和詩》〔一〕。還往猶餘舊酒徒。謂西厓。有子祝君苗在手，「十苗方在手，想像秋禾熟」，戴石屏《生子詩》也。未歸約我杖同扶。眼前事事關遲莫，不夢橫溪即泖湖。横溪，余所居地名。

〔二〕「刊」，《原稿》作「刻」。

南海子

千頃平如指掌收，草蟲趯趯鹿呦呦。騶虞囿小樵無禁，鈎盾田寬麥有秋。萬柳槎枒沿徑轉，一渠曲折入牆流。心同魚鳥便飛放，愛作城南十里遊。元時名「飛放泊」。

南紅門接駕歸途喜雨時皇上南巡回京。

萬乘回鑾候，三農望雨辰。自天能潤物，到地喜清塵。處處溝渠急，行行榆柳新。衝泥歸更好，馬意亦踆踆。

五月初九日上御淵鑒齋召大學士臣玉書臣廷敬工部尚書臣鴻緒學士臣升元臣昇臣壯履臣原祁編修臣瑄臣廷儀臣廷玉臣名世臣慎行臣廷錫等入至雲步石賜坐賜饌畢人賜荷花一鉼隨命由蕊珠院延賞樓泛舟回直廬感恩紀事恭賦七言律詩四首

其一

身依禁闥已三年，天上方知更有天。楊柳橋通星漢畔，芙蓉檻繞御床前。游同靈沼魚真樂，聽到伽陵鳥亦仙。雲步石邊聯步入，臨流高下列芳筵。

其二

咫尺夔龍接武隨，從容宣勸坐移時。坐間屢遣内侍傳温旨，令臣等勿拘常禮。烟霄畫入丹青動，殿閣凉生草木知。有數遭逢關氣數，無私造化荷恩私。苑門隔日先傳唤，應是今朝下直遲。

其三

詔恩半日許迴翔，崑閬遲遲晝倍長。貝闕珠宫環四際，十洲三島儼中央。翠屏開處雲流影，綵鷁飛來水拂香。共識天顔多霽色〔一〕，雨餘風物借輝光。

〔一〕「共識天顔多」，《原稿》作「天與君王同」。

其　四

玉井移根迴不同，秘瓷人賜一枝紅。莖從新折流晨露，蕊爲含開帶好風。擎出榮隨丞相後，攜歸香滿禁垣東。此生直願依蒲藻，長在烟波浩淼中。

題費曉城同年牧牛圖

嫩草如秧水似油，犍疏閒放白蘋洲。畫師最得華陽趣，不取黄金寫絡頭。

送陳秋田宰荔浦

一官萬里赴昭州，人替君愁自不愁。匣硯囊琴非俗物，丹梯碧落是清游。九疑路轉收帆驛，八桂風高捲幔樓。真羨楊蘧挈家去，王程如砥接詩郵。唐楊蘧曾到嶺外，見陽朔、荔浦山水，談不容口，俄而求選彼邑，挈家南去。

敬業堂詩集卷三十二

考牧集起乙酉五月杪，盡丙戌四月。

余自癸未扈蹕清暑，甲申以纂輯《韵府》留京師。乙酉五月，復奉旨隨駕。是秋撤圍後，萬乘巡邊，别由雍安嶺渡庫勒齊河，自此抵張家口，乃元時上都孔道，今屬上駟院慶豐司。數百里間，岡勢坦迤，駝馬牛羊約三百餘萬。上按程閲視，指諭臣等云：「昔太宗皇帝謂此地宜畜牧，今果蕃息若此。」遂頒賜侍從大小臣工，人各馬一匹、羊二頭，臣亦與焉。又四百里，始入居庸關。臣惟《小雅》之美周宣曰：「誰謂爾無羊，三百維羣。誰謂爾無牛，九十其犉。」我國家考牧之盛，不啻千伯倍之，《詩》《書》史册所載，得未曾有，特取此義，以紀盛事云。

扈從山莊避暑出都口占

又是山莊扈蹕時，賜衣重著馬重騎。邊人望幸經初伏，閏歲君王避暑遲。

雨後過懷柔城外

火雲突兀壓城頭，地近黄花古戍樓。好是緑陂新過雨，路平如掌接檀州。

重出古北口

烟火千家散舊屯，饋漿野老候關門。自言世得耕耘力，黄犢年來又有孫。

曉過青石梁新開路

高入雲端俯作梁，中間鑿石得康莊。松聲落澗風泉合，藥氣浮山露草香。馬爲重經成熟路，人貪早度取微凉。詞臣例飽天厨饍，已有中官候道旁。

鞍子嶺直廬庭西新設松棚

十丈移岩壑，三間蔭苑牆。有時松子落，隨意乳毛香。不礙流晨露，尤宜障夕陽。天教人夏健，何減北窗涼。

發黄甲營喜晴

青浮翠積氣氤氲，曉色俄從霽色分。馬首已迎初上日，雕翎猶帶未歸雲。峰皆似染供屏幛，樹不論年絶斧斤。曾記上番隨蹕候，灤河新漲隔山聞。癸未六月過此，連值大雨。

咏金絲桃應皇太子令

裝束渾疑出道家，川原何用覓紅霞。偶分高士籬邊色，仍是仙人洞裏花。金粉露涼朝蝶夢，檀心香颭午蜂衙。尋來莫怪漁舟誤，比似桃源路更賒。

駐蹕樺榆溝特給官房止宿感恩恭紀

千帳連雲並出關，受廛何幸預清班。炎埃氣隔無三伏，覆載恩深抵萬間。新瓦鱗鱗宜聽雨，短墻面面好看山。風餐露宿原臣分，每被殊榮輒汗顔。

發樺榆溝從新開石梁至哈喇火屯

鑿開峭壁轉龍腰，高棧中縈綫一條。石吻仰歕泉作霧，雲根倒拔樹干霄。向來紆徑千盤轉，此去前村十里遥。真覺太平民樂業，山南山北盡漁樵。

塞外草花暑月特盛同年蔣西君用横幅寫七十餘種呈院長揆公以絶句屬和四首〔一〕

其　一

頻年隨輦到邊庭，自補《山經》及《水經》。更借玉堂揮翰手，兼收花草入丹青。

其　二

折枝一派取阿那，木本無多草本多。六月塞山猶似錦，不知春色更如何。

其　三

莫嗔嵇鄭難爲狀，莫笑徐黄欠寫生。到此始知天地大，野芳無數總無名。

〔一〕「揆公以絶句屬和四首」，《原稿》作「師院長有詩屬和」。

其四

風翻雨洗枝枝别，儷白駢紅色色新。誰似先生工體物，好詩能發畫精神。

恩賜御書扇恭紀

聖藻光騰寶篋中，五明開處潤濛濛。招攜滿苑松杉氣，披拂微凉殿閣風。鵲羽午摇炎熾散，麝煤香迸汗珠融。捧歸當暑先珍襲，篋笥緘恩託始終。《古今注》：「舜廣開視聽，求賢人以自輔。作五明扇，漢公卿皆用之。」《拾遺記》：「周時外國獻丹鵲，拾其脱羽以爲扇，名爲鵲扇。」

烏城立秋和同年佟淵若韵

萬壑含朝雨，千岩斂夏雲。炎凉雖迥判，晝夜漸平分。爽自披襟得，聲先隔樹聞。候蟲吟較晚，高唱獨輸君。

立秋後一日召遊行宫後苑賜宴恭紀十二首

其一

銀河西繞翠微岡，紫界東連宛轉墻。一片樓臺先入望，蓬瀛遥在水中央。

其　二

天然圖畫引躋攀，盡出宸衷指點間。岩壑不須多架搆，下因流水上因山。

其　三

神川過雨氣溟濛，沙土無痕井脈通。欲識泉源深幾許，轆轤聲轉白雲中。

其　四

坡陀幾曲接磬頭，漸入仙源徑漸幽。忽漫孤雲生兩角，小欄低檻盡如樓。

其　五

煌煌禁扁麗中天，楹帖分題兩兩懸。萬丈光芒争耀眼，不知旁有好山川。

其　六

松鶴陰從積翠生，泉蘿烟月一時清。以上皆御扁名。每經御墨留題處，記得旃檀別殿名。

其　七

帶峰傍石布芳筵，夾岸鏗鏘奏管絃。山水清音消不得，况從天上聽鈞天。

其八

一道清流合兩河，釃渠中有半開荷。分明太液池邊種，重沐天家萬里波。

其九

插架排籤滿禁林，御床左右列森森。行宫仍是圖書府，清暑時時惜寸陰。

其十

水精簾幙緑莎茵，行過星橋别有津。除却澆花無汎掃，就中何處著纖塵。

其十一

叠砌平階茁露芽，近看如錦遠如霞。塞垣小草生何幸，開作長春苑裏花。

其十二

華貂環座盡公侯，特許詞臣與宴遊。滿引金樽歌既醉，謝恩齊上木蘭舟。

敬題御書東坡詩扇爲法鴻臚作

七輪松扇早凉天，舊句新題御墨鮮。不獨侍臣沾渥澤，榮光兼被作詩仙。

賦得雲抱兩三峰應皇太子令

萬峰齊露頂，雲氣欲何之。偶遇參差石，還縈縹緲姿。三山遥望處，二華未開時。髣髴應難畫，形容况入詩。

佛手柑奉旨題畫扇上。

名並黄柑種不同，巧從佛號示玲瓏。菩提證果雙林下，優鉢拈花一指中。色映金繩長帶露，香開寶掌自生風。聞思大士應微笑，披拂先教鼻觀通。

恩賜御書敬業堂扁額恭紀十六韵

清暑時多暇，行宫日正長。君王親翰墨，侍從沐恩光。是璧皆盈尺，如椽總倍常。因心成變化，運肘示端方。山海峰濤壯，龍鸞爪翅張。堯文開盛世，羲畫掩前王。帝賚優無比，臣衷懼莫當。身雖依廣夏，家本住窮鄉。憶在兒童日，親隨子弟行。長貧惟立壁，短晷或然糠。風雨留先築，柴荆指舊莊。業傳慚肯構，敬止念維桑。幸獲支門户，終難荷棟梁。數椽天一角，萬歲字中央。鄰叟來扶杖，姻親賀滿堂。承家期世守，祝國永無疆。

七月二十四日五更發波羅火屯始有寒色

臥聽鷄鳴已過三，起來攬帶上征驂。五更寒色風初北，七月邊聲雁已南。汩汩乳泉縈暗谷，濛濛霧雨染濃嵐。前行漸與圍場近，飛騎如雲隔宿探。

烏喇帶秋分日作前夕大雷雨昨日微雪故詩中紀之

朔野秋光少，俄驚草木衰。大都殘暑退，便是蚤寒來。天霽今朝雪，山收昨夜雷。匆匆裘換葛，節序暗相催。

度達陰嶺看紅葉

蛇蹦猿攀路僅通，溪聲忽轉一山紅。行來不道秋纔半，已在寒林薄雪中。

中秋夜薩勒巴里對月

一片中秋月，重經古塞看。宫壺傾法醖，是夕，御賜酒果。客夢警新寒。似雪侵髯白，疑霜拂帳乾。故園諸弟在，悵望隔團圞。

八月十七日伊蘇河源雪中聞雷食頃開霽

雲黑初防挾雨來，俄看黍谷散寒灰。千峯雪作漫天霧，萬帳風兼動地雷。紅樹一番殘葉盡，碧空依舊夕陽開。眼前變幻真奇絶，天果難將管見推。

隨駕行興安嶺上

横亘東西路幾千，直從遼海控居延。盡消伏莽山無樹，不斷靈源地涌泉。羣牧牛羊量論谷，諸藩廬帳列如廛。聖朝不畫長城界，一道平岡是九邊。

連日扈從由雍安嶺烏蘭哈爾哈至上都必拉觀圍恭紀八首

其一

連天積素耀威弧，鵲血牛蝓力盡輸。梁簡文詩：「控弦因鵲血，挽强用牛蝓。」看取羣情齊踴躍，一人獲雋萬人呼。

其二

初分左右儼星奔，旋列方圓陣法存。千仞岡頭黄纛下，藍旗兩扇合旌門。

其三

西僧迎輦列香旛，擊盋吹螺動法門。番界從來知佛大，而今更識帝王尊。多論那拉之西有喇麻寺，西僧一百五人，蒙古每一部落供養一僧，俱來迎謁，賜銀緞有差。

其四

嵯峨高勢拂雲開，天語親聆指示來。踏遍峰峰沙似雪，始知身到白龍堆。二十五日，隨駕至上都海拉斯臺，上諭云：「此地山形，首皆西南向，尾皆東北向，即古白龍堆也。」

其五

朴渥如飛掠草中，御前突過疾於風。萬鈞神藝無輕發，命中仍開射虎弓。

其六

獸自成羣鳥自稀，網開四面總天機。白雲一片平如席，趁取鴿鶉帖地飛。

其七

尾同麞麂首成羵，千百黄羊合一羣。攔入圍中何所擬，滿灘鵝鴨鬧如雲。

其八

豹尾鷄翹滿後塵，近前傳旨召儒臣。分頒五色離披羽，榮被雕鞍是八人。二十六日，於固勒班庫特力隨圍，特賜翰林官山雉，人各一尾。

雪中戴青氈大帽上顧見大笑口占紀之

大于煖耳覆雙肩，冰雪騎驢二十年。今日重蒙天一笑，白頭還戀舊青氈。

隨駕閲視羣牧恭紀八首

其　一

右接雲中左界遼，放來羣牧十分膘。自從聖祖開基遠，水草新來分外饒。

其　二

齊色分花望不窮，一羣拔萃一羣空。天生驥騄初無種，只在君王顧盼中。

其　三

大漠塵消罷戍屯，曾收汗血入關門。於今青海無傳箭，字息均蒙豢養恩。

其　四

肉鞍高出草頭低，千百封牛褐色齊。《漢書》注：馲駝背上肉鞍隆高若封土，俗呼封牛。知有泉源在山外，但從沙上覓駝蹄。

其五

烏犉黄犉種各殊，騂騵迭角雜收駒。太平畜産閒無用，好入《豐年考牧圖》。

其六

四時邊草閲榮枯，堙谷填谿作雪鋪。一色萬羣三百萬，不曾輕費大官芻。《詩》疏：羊以三百爲羣，合三十萬計之，則千羣也。今合三百萬計之，則萬羣矣。

其七

邊户羣歌樂歲穰，素封何必業耕桑。家家賜種滋蕃息，銀餅渾如秬麰香。《唐摭言》：宣宗賜韋澳、孫宏銀餅餡，皆乳酪膏之所爲。即今乳酥餅也。

其八

蒺藜苑小傳唐監，苜蓿園荒笑漢家。自是累朝無馬政，天留沃壤在龍沙。

恩賜上駟院馬一匹恭紀七言排律十六韵

萬里平沙屬慶豐，更申冏命牧騊駼。如荼如火千峯上，爲錦爲雲一望中。有駜幸隨觀坰野，上襄敢冀賜行宫。房星燭地光先見，電影流天澤下通。玉勒金羈新改控，琱鞍黄帕舊曾蒙。丹青妙合將軍畫，聲價高踰都護驄。緩轡追陪雙仗近，着鞭先後八人同。南書房侍直八人，同日拜賜。細看六印猶鈐髆，《唐六典》：「在牧之馬有飛字印、龍形印、三花印、風字印、賜字印、出字印，其形容端正，擬送尚乘者，以飛字印其髀髆。」乍拂三花待翦鬉。不分牽來遊果下，且教行處避芳叢。疾徐本具馴良性，安穩寧資調習功。筋力將衰蒙聖鑒，嘶鳴欲效託微衷。院中例借知應免，衆裏齊驅學漸工。蹀躞身輕辭社燕，飛揚隊逐入關鴻。食貧慙媿薪芻儉，種貴夸張皁櫪空。照夜俄看歸路白，經春旋試軟塵紅。翔麟苑與飛龍廐，蕃錫恩深念匪躬。

上御帳殿南門命侍衛試調生馬召臣等同觀恭紀

步闊蹄高齒尚童，《尚書大傳》：「童馬不馳。」忽驚一顧出重瞳。賞加牝牡驪黄外，恩在驅馳駕馭中。杏葉裁韉初被錦，桃花作汗欲噴紅。龍涓騏校皆天厩，冀野從看萬馬空。

雪後賜酥酒恭紀

馬足瓊瑶十里衢，到來稠疊賜黄封。土酥點雪脂凝白，官釀消冰乳滴濃。寒斂衾裯禁永夜，温同狐貂禦嚴冬。銀罌翠杓均天澤，醉飽春回草木容。

行經獨石口外

獨石西南路最紆，時平關隘失崎嶇。灤河源在千山外，流過元朝避暑都。

下西巴里臺〔一〕

直下初從萬仞顛，忽於井底見炊烟。松風夜轉潺湲水，知是山腰一眼泉。

〔一〕按，《原稿》「臺」後尚有「嶺」字。

即　事

童子提壺斟馬酒，老翁曲項奏胡琴。近前争博君王笑，真見諸番愛戴心。

張家口

北風獵獵上旌旃，古堠連山峭偪天。鎮將時平多扈蹕，六龍五載一巡邊。

宣府早發

星羅城堡屹相望，地是雄邊舊教場。漸近關南秋尚暖，雁飛先過鷂兒梁。

重陽下堡道中

垂楊全緑菊微黄，九月關城未降霜。踏盡烏桓千嶂雪，却來平地作重陽。

入居庸關

截斷雲頭作翠屏，官溝南瀉水泠泠。黄花催熟旗亭酒，笑脱重裘度冷陘。居庸關，名冷陘，太行八陘之一也。

彈琴峽

沙紋練練溜涓涓，似有鳴琴出響泉。松磴曉含三尺雪，石牀秋語七條烟。聲希不信人間有，悟徹原非指上傳。莫聽鼓鼙思將帥，清音今屬好山川。

恩賜羔皮袍料恭紀

授衣時節恰歸期，裘敝重叨聖主慈。飽食始知肥羜美，臣素不食羊，近奉旨賜嘗，洵美味也。敵寒尤覺乳羔宜。製成刀尺憐柔毳，謝莊《賜裘表》：「靡毫柔毳。」省對冰霜凛素絲。行與都人還示儉，三英五緎在風詩。

山莊雜咏有序

山莊者，我皇上避暑行宫之統名也。臣以草茅新進〔一〕，再塵扈從，自夏徂秋，往返各閲百餘日。其間山川風土之美，草木禽魚之狀，一一俱蒙恩指示。凡耳之所聞，目之所覩，口不勝述，則紀以小詩，合成三十首，用備遺忘，不揣蕪詞，並呈御覽。

〔一〕「新進」，《原稿》作「微賤」。

其一

朝凉夕爽絶氛霾，畫裏山莊處處佳。聖德如堯惟尚儉，采椽不斲土爲階。古北口外行宫，凡八所，皆無丹雘之飾。

其　二

章奏多從驛騎馳，行宮勤政日孜孜。三更樺燭明如晝，又是宵衣乙覽時。唐太宗每以甲夜視事，乙夜觀書。

其　三

溪蔌山殽味有餘，慈幃時達問安書。往來中使頻相望，何異宮庭侍起居。每得新蔬，輒遣中使馳送皇太后宮。

其　四

阡陌横從蒔藝區，《豳風·七月》繪成圖。瓜瓠豆莢田家味，帶露朝朝進御厨。

其　五

烟光濃澹寫晴空，多少旌旗掩映中。大抵無峯無好樹，一峯不與一峯同。

其　六

幾暇濡毫有萬行，臨池無體不飛翔。蛟龍噴作巖頭雨，千澗流來墨瀋香。

其　七

畫鹿宫門樹射棚，冬膠秋幹試初呈。静中人籟皆天籟〔一〕，朱鷺單傳中的聲〔二〕。

〔一〕按，此句《原稿》作「静無人語來天上」。

〔二〕「單」，《原稿》作「惟」。

其　八

嶺複岡重不記名，石矼隨處瀉琮琤。濛濛薄霧沾衣潤，雲縷多從水面生。

其　九

小雨初過月未升，浮浮空翠暖如蒸。不知濕氣消何處，萬竈炊烟萬帳燈。

其　十

林幽谷邃暗霏微，過午人人换裌衣。預卜明朝天色好，相風微動柘黄旗。

其十一

松蓋年深雨露滋，茯苓琥珀化應遲。太平是物争呈瑞，枯柟先看出紫芝。赤芝産落葉松根。

其十二

灤水清流比漆沮，纛潭潑潑漾菰蒲。細鱗柘緑皆堪鱠，不數紅鰓巨口鱸。細鱗魚重唇，身有黑斑；柘緑魚色微緑，皆灤河所産。

其十三

泡子河淤舄鹵開，霜華彌望白皠皠。邊民聽食天然利，只禁鹽車入口來。泡子河生天然鹽，不待煎熬而成，蒙古用小車載以貿易。

其十四

熤熤蒼龍尾角蟠，小星如沸鬧林端。乍驚三尺飛光度，螢火大於金彈丸。塞外流螢極大，光可燭三尺許。

其十五

泥金細縷簇龍鱗，首尾中分翡翠紋。頗訝賦形同蠍虎，試看噓氣却成雲。山中蜥蜴長四寸許，頭以下色如翡翠，有紋如魚鱗，尾作金色，吐氣爲雲，土人呼爲雲虎。

其十六

多年沙土養奇材，照夜渾疑吐蚌胎。可是水中真蘊火，但生凉燄不然灰。山杏根入水千年，光如水精，夜置暗室中，毫髮畢見。

其十七

鋭頭長尾口如鸐，肉翅旁連四足俱。猜是千年老蝙蝠，問名方始識飛狐。飛狐，鋭頭缺口，耳小尾長，毛深褐色，翅如鼈裙，四足生翅，中前二爪，後五爪，能飛，不踰尋丈。

其十八

叢間樸樕葉先枯，歐李駢睛似火珠。長路微甘供解渴，馬鞭争挂紫珊瑚。歐李一名烏喇奈，子如櫻桃而大，味微甘而酢。

其十九

青楓烏桕自喬柯，映日多成錦繡窩，片片丹砂開障扇，就中椵葉得霜多。椵樹葉大如團扇，初生時可裹粉餅蒸食，秋月經霜，鮮紅可愛。

其二十

山梨微澀杞漿酸，崖蜜煎從翠釜頒。珍重蓬萊金醴味，不傳方法向人間。山梨、枸杞，汁經煉成膏，味皆鮮美，上嘗以賜近臣。

其二十一

榛實初生如栗蓬，秋來采掇出低叢。鷄頭剥玉差相並，餖飣曾無一顆空。俗云十榛九空，塞外所産不爾也。

其二十二

難憑《本草》考豨苓，異卉奇葩眼未經。滿地根株移不得，金蓮垂實菌收釘。地産金蓮花及猴頭蕨菇。

其二十三

官馬如雲盡上膘，便經霜雪也肥饒。地黄牧宿人人識，何似連山盡藥苗。

其二十四

千盤百折上興安，寒燠平分咫尺間。忽見萬松齊落葉，人言山後是陰山。落葉松生興安嶺北，秋冬凋落，與凡木同。

其二十五

道是山鄉又水鄉，四時多半領秋光。西風欲起駞争圞，早雪將飛麝退香。

其二十六

雲端千仞跨晴空，真有飛梁亘彩虹。番語漫傳生吉兔，佳名新賜玉玲瓏。達陰嶺東北四十餘里，山顛巨石百餘丈，中通一門，望若飛橋。蒙古謂之生吉兔，皇上改名玲瓏山。

其二十七

晨隨羽衛愛山行，夜宿周廬傍幔城。自入秋來常起早，挈壺攢點最分明。詞臣帳房在行宫南門外五十餘步，欽天監司漏處也。

其二十八

晝屏環繞直廬傍，草色常先柳色黄。八月初頭風力緊，夜來傳旨禁燒荒。塞外草枯，禁野火，謂之燒荒，犯者法綦重。

其二十九

蝗不成灾歲有秋，直從畿甸到邊頭。更教州縣除蝻子，預計來年睿慮周。秋來蝗不爲灾，皇上爲明年慮，命畿輔所在，徧掘蝻子。

其三十

溪流經雨雜清渾，茗椀頻霑雨露恩。日給大官泉一斛，秪應飲水亦思源。自發哈喇火屯，恐河流渾濁，致傷脾氣，賜臣等官厨水，日一石。

丙戌上元夜召入西苑觀千葉蓮花燈恭紀四首

其一

太華晴光絢晚霞，良宵移入玉皇家。月華滿苑清如水，湧出峯頭十丈花。

其二

天香飄下蕊珠宫，映水俄驚太液紅。不夜城中光四照，南薰先應五絃風。

其　三

不羨金蓮畫詔回，恍疑風引近蓬萊。分明千佛光中現，併作紅雲一朵開。

其　四

彩棚高傍御樓懸，千萼多從一蒂聯。不是大羅天上見，人間誰識火中蓮。

潤木弟授庶吉士二首

其　一

初聞唱第向丹墀，再見班行雁序隨。桂發五枝曾有識，余家廳事前有老桂，癸酉八月開花，忽作深紅色，異於常時。甲戌、乙亥、丙子、丁丑皆然，自是余兄弟及兒子相繼登第。楊穿三葉可無詩。白樂天與弟行簡、敏中先後及第，故其詩云「楊穿三葉盡驚人」。家門我已推爲長，仕路君猶筭未遲。何事相看兩相泣，雙親見背已多時。

其　二

早緣貧賤多離别，老去依依勝得朋。小閣重添聽雨榻，短檠分點入朝燈。浮踪到海翻相聚，歸路如天豈易登。寄語阿頻存晚計，且來共飲一條冰。時德尹在揚州書局。

哭樊桐姪二首丙戌五月初一。

其　一

二十年前哭乃翁，遺孤抱出尚孩童。可堪留取昏花眼，看汝成人又送終。

其　二

單丁門户剩嬰孩，收拾殘書與寄回。永訣有言吾不食，三千里外爲誰來。

敬業堂詩集卷三十三

甘雨集起丙戌五月，盡九月。

入夏以來，畿輔稍旱。自五月二十一日駕發西苑，大雨五晝夜，田疇霑足。萬口歡呼，咸謂聖天子軫念民生，甘霖應期，不禱而自至。視《靈雨》、《甫田》諸什不既多乎哉？臣以珥筆隨豹車之後，沐膏澤而咏豐年，固其職也。

五月二十四日駐蹕密雲連夕大雨

輦路凉生暑乍融，到來連夜雨兼風。四山雷轉車聲外，萬帳燈浮水氣中。入夢似聞泥滑滑，占晴行見黍芃芃。頻年旄筆慙無補，枕上吟成願歲豐。

謝賜普洱茶

洗盡炎州草木烟，製成貢茗味芳鮮。筠籠蠟紙封初啓，鳳餅龍團樣並圓。賜出儼分甌面月，瀹時先試道旁泉。侍臣豈有相如渴，長是身依瀣露邊。

喀喇火屯口占

水無蚊蚋地無蝻，寺有旛幢石有龕。山是膏腴溪是乳，草如桑葉馬如蠶。

蔣西君同年爲余寫芙蓉折葦扇頭小景戲題二絶

其　一

偶拈秃筆寫霜容，點綴誰知不取濃。會得江湖清氣味，蒹葭只合倚芙蓉。

其　二

塞垣歸思入秋多，欲涉江湖奈晚何。一葦可杭吾亦去，詩翁莫嘆葉沉波。

七月朔烏城立秋

行宫六月全無暑，早覺凉生大火中。客裏心情原草草，老來光景又匆匆。千山朔氣初迎雁，一雨秋聲盡入蟲。笑指伊蘇河畔柳，三年與爾共西風。

七月十五日四更發熱河度嶺至喀喇火屯天未明

塞天暑亦凉，矧此秋候變。披衣起我早，熟路馬重踐。羣峯競高低，孤月遞隱現。參差樹交影，斷續雲流片。長風從西來，過耳劇嚆箭。行行得平地，星火遥可辨。嵐霧滃然蒸，横前鋪白練。道旁有雙塔，隔手不復見。磵絶賴橋通，泉鳴知徑轉。忽聽一聲鐘，微茫識行殿。口外無佛、老之宫，惟烏城行宫旁新創穹覽寺、琳霄觀。

七月十六日烏城直廬驚聞房師虞山公訃音哀情痛切托於短章四首〔一〕

〔一〕按，《原稿》闕「四首」二字。

其　一

公去京華日，余方扈從時。癸未秋，先生奉太夫人乞假南還，余時方隨駕口外。三年歸失約，一别見無期。昨寄書猶達，前月接家弟德尹揚州信，云端陽前與先生同渡江。初傳病尚疑。何當聞訃後，驚發早秋悲。

其　二

涑水攜書局，蓬山入選樓。去春奉旨於揚州校刊《全唐詩》。奉親恩最渥，給俸禮仍優。在籍官恩準開俸，從來無此例也。風格詩篇著，儀容畫像留。先生出都時，留《秋帆畫卷》命題，後復奉手書，命慎行校閲歷年詩集。到頭天莫問，公自有千秋。

其　三

壯歲官情澹，懷歸至性真。科名無媿色，庚辰殿試，公第一人及第。巖壑早收身。稺子將周晬，高堂正六旬。懸知方易簀，俯仰劇傷神。

其　四

歷憶追隨地，多慚屬望情。早曾同座主，癸酉鄉試，慎行與先生同出清溪徐公、廬陵彭公之門。老及作門生。寢哭知何日，心喪痛失聲。灤河兼淚雨，滴滴向南傾。

題西君爲家少詹姪畫四時花卉卷二首〔一〕

〔一〕按，《原稿》闕「二首」二字。

其一

乍驚五色江郎筆，幻出黄筌四季花。知是餘波多綺麗，未妨游戲亦名家。

其二

吹開吹謝自年年，人世風灾絶可憐。一片丹青非色界，四禪天是養花天。佛書有初禪、二禪、三禪、四禪天，至四禪天始無風灾。

座主總憲吴公請假旋里恭賦四律寄送

其一

乞歸偏在眷深時，臺望非公更屬誰。岳峙淵渟瞻氣象，蒼松白石表襟期。久持綱紀羣僚肅，獨抱冰霜聖主知。真喜太平多盛事，大臣進退總逶迤。

其　二

法曜文星並一垣，高從河漢溯淵源，回瀾力比鈞衡重，下士心忘副相尊。秘閣有書皆博覽，岩廊何事不深論。即看拜疏辭朝後，尚引肩輿到苑門。公前赴西苑辭歸，上特命肩輿至小東門，慰問賜茶，真異數也。

其　三

詔恩暫許憩林間，不比尋常賦《遂初》。別路人皆期健飯，引年公未及懸車。一門老去仍同爨，八座歸來只舊廬。何物眼前當《七發》，蓴鄉亭外有鱸魚。

其　四

一時祖帳盡名流，才子同朝挽不留。三殿文章行接武，五湖風月侍歸舟。蒹葭隔岸鷄催曙，橘柚開園雁報秋。我是歐陽門下士，柴車何日獲從游。

題少詹姪寫經圖時在塞外直廬

我觀人世間，知巧競一途。乃至事所生，虚名亦求沽。不見古孝子，用心常近愚。愚則本乎樸，樸爲誠所孚。苟有裨於親，寧論事有無。唪經祈冥福，此語傳浮圖。庶幾抱微誠，上答父母劬。通乎立教意，可以輔吾儒。宫詹吾宗賢，至性具髮膚。少稟二人訓，學優過庭趨。出爲鸞鳳鳴，歸作膝下雛。中承贈君訃，痛絶天難呼。北堂垂白母，爲爾增歔吁。黽勉進水漿，傷哉反哺烏。母氏繼下世，兩喪一時俱。平生風木悲，血淚交模糊。君時年盛壯，頓覺形神臞。霜寒宵寢磚，味苦晝茹荼。旁人競相勸，勸保七尺軀。似聞西方經，《報恩》古有諸。親恩等山岳，子報真錙銖。遂發寫經願，寸心懷區區。幃前一瓣香，几上墨一盂。竭我兩眼力，捹我十指瘏。眼昏指如椎，口誦足雙趺。誦已還慟哭，哭罷復細書。如此踰兩年，白抽頭髩須。當其迫沈痛，信筆非臨橅。果然妙蓮華，一一紙上敷。一卷萬餘字，七卷七萬餘。人天合掌敬，燦若琳琅珠。俞子亦好手，爲君寫成圖。今來十五霜，故山拱楸梧。偶然展卷看，清淚猶承臚。我生乃鮮民，踪跡歎早孤。先人尚淺土，齒髮日夜枯。作詩志吾媿，汗出成沾濡。

八月十三日駕幸翁牛特恭紀時八公主下嫁於都倫郡王

一統車書域，三朝雨露天。名藩星拱極，法駕日臨邊。遐裔元家貴，崇姻聖代聯。肅雝輿衛盛，錫賚禮文全。事與和親異，恩加屬國專。不煩湯沐邑，特給水衡錢。甸服居相近，華風被獨先。丹青開殿宇，錦繡裹山川。封爵原仍舊，王庭遂不遷。副車常侍輦，駙馬每從田。負弩鸞鑣下，呼嵩豹仗前。從看外孫國，望幸自年年。

木克帶西行十八里山下有湯泉

北行漸入苦寒鄉，喜見湯泉湧道旁。自覺温能回黍谷，或云下必有砂牀。波痕消盡冰霜氣，石髓流爲草木香。便作解衣盤礴地，暫時休澣也清凉。

中秋夜柳林口翫月與玉符先生及亮功紫滄西君三同年小飲偶成十六韵

露白霜清候，千巖萬樹頭。銀河斜繞塞，金鏡迥懸秋。輪自東隅上，光從西極流。天長雄鼓角，野静散貔貅。星火移躔避，關山倒景收。賞應同北闕，興不減南樓。蕭爽披襟得，高空與目謀。幾年叨扈從，一夕抵旬休。已免攜衾直，還爲秉燭遊。王程千里共，恩賜兩宫稠。佳果充柈桉，鮮禽入膳羞。班荆傳酒令，隔幔數更籌。餅似團圞樣，詩須酩酊酬。老狂尤爛熳，小坐獨遲留。明日追成夢，吾生笑若浮。起來林影下，嵐翠濕衣裘。

八月十九日皇太子睿賜初白菴扁額恭紀十六韻〔一〕

地近瞻儲聖，天高鑒積誠。三光開睿筆，四海識菴名。夙昔棲禪志，今來戀闕情。青雲垂欲上，白髮正初生。有作皆邀賞，非才竊自驚。蓬茅沾雨潤，葵藿向陽傾。感激桑榆晚，驅馳歲月更。去家無累遺，下直有僧迎。往往誇儕輩，時時話寵榮。一瓢蟠木癭，松癭瓢。三秀紫芝莖。匜許香楠貯，賜帶數珠。盂教净水盛。頗黎水盂。白巵傳漢玉，緑硯琢洮瓊。是物皆堪供，以上六種，皆兩宫前後賜物。何年築始成。雖蒙頒扁額，未敢計柴荆。蟣蝨微生賤，龍蛇尺幅盈。萬鈞餘腕力，恩重倍難擎。

〔一〕「賜」，《原稿》作「書」。

塞外大風二十四韻索同直諸公和

天上箕星動，山中月暈生。土囊俄出口，沙磧欲填平。猛拔羣峰立，喧招萬籟迎。奔衝來若鶩，颯沓去如傾。牛馬渾難辨，蛟龍怒欲争。蓄威雷隱轔，助氣鼓砰訇。劍戟齊攻壘，波濤迥撼城。餓鴟當晝叫，饑虎傍人行。鼠黠藏深穴，蟲僵蹋斷莖。草埋蛇鼻淺，寒噤蝟毛撑。昨夜還防雪，今朝竟得晴。驅雲成片段，轉石落崢嶸。鴉起斜行亂，雕盤遠勢成。

向南惟雁路，直上是鵬程。噎本難終日，狂猶逞二更。將收偏作力，忽散寂無聲。谷以虚能受，心緣静不驚。勿愁開橐籥，祇是聽竽笙。衮衮除塵坱，悠悠指旆旌。回頭千樹秃，稱體一裘輕。酒近移床暖，爐添宿火明。却看天宇曠，翻覺塞垣清。落帽知何處，飄蓬且自征。蘭臺多賦手，小律倘同賡。

行經玲瓏山下

鑿開渾沌得玲瓏，片石居然絶塞雄。地肺想從岩竇入，天台信有石梁通。風雲嘘吸千尋表，日月迴環一竅中。莫怪經過屢回望，佳名却與故山同。余鄉餘杭縣亦有玲瓏山。

八月二十三日上入山行圍射獲白鹿一頭恭紀十韻

白鹿非凡種，仙山歲月長。出當時有道，瑞叶壽無疆。洞口眠時月，原頭望處霜。明明開射的，皎皎入圍場。碧砮千鈞鏃，瑶星一道芒。最宜豜並獻，肯與豹深藏。至潔斑同雪，如膏色勝蒼。皮能留素質，草不療金創。雕俎充庖味，銀毫耀眼光。謬慙陪羽獵，作頌比麟祥。

西君分餉梨藕賦謝十六韵

行厨滋味重，肥膩饜牛羊。正爾宜佳果，俄看致滿筐。遠分慈母惠，特並故人嘗。藕抱玲瓏質，梨含沆瀣漿。嫩疑新出水，紅似乍經霜。洗剔親教凈，摩挲愛倍常。大瓢斟雪汁，小片截瓊肪。鬆脆鳴牙頰，芳鮮潤肺腸。真堪解消渴，况乃佐清凉。我本柴桑士，居連荇藻塘。踏泥風葉底，摘顆露籬旁。賣菜多求益，堆盤輒賤償。幾曾虚野饋，長是及鄰莊。物理因希貴，人情感舊長。鑿池從憶白，入谷每思張。二者今兼得，何須問故鄉。

道旁冢

其一在土城南岡上，石獅二，白碑一統；其一在土城東十里，石几一，石亭二，上刊「孝敬之墓」四字，姓名皆無可考。

衰草茫茫近土城，白碑相望兩荒塋。當時馬革尸同裹，今日牛眠地總平。野火漫容荆棘長，塞田并乏子孫耕。有知合笑曹瞞拙，欲刻征西占墓名。

重過玲瓏嶺看霜林作十二韻

犖确重來路，秋容最好時。往年經雪早，今歲得霜遲。二月花相似，千林景特奇。問名難辨種，設色故多姿。濃淡丹黄葉，交加爛熳枝。簇來成綺繡，疎處度旌旗。換眼層層別，迴鞭步步隨。已憐侵暮色，還與發華滋。粧點江南畫，鋪張塞外詩。衰顏熏欲醉，白髮巧相欺。好事何人賞，登高此地宜。丁寧朔風候，旦晚莫狂吹。

聞同年顧書宣前輩湖廣訃音愴懷今昔成五十韻

絶塞來凶問，初疑後果真。恨難埋厚地，狂欲問蒼旻。憶昔充鄉貢，時同忝國賓。紅箋通姓氏，麗正約比鄰。名稍居姜後，癸酉同舉京兆，書宣名在十八，西溟十九，余二十。心常與顧親。雁行聯弱羽，魚隊狎凡鱗。雨雪連床數，篇章擊節頻。嗜痂良有癖，遭砭各無嗔。搜剔疵瑕出，銷鎔鑛鐵純。偷來輸格律，讀罷爽精神。自爾投膠漆，何曾計屈伸。禮闈看再舉，臚唱聽移旬。獨脱囊中穎，先呈席上珍。列科登一甲，同榜得三人。金馬聲華盛，芝蘭臭味均。甲戌殿試，書宣第一甲第二，丁丑西溟一甲第三，庚辰余房師汪公一甲第一，皆癸酉同榜也。自忘頻下第，翻羡早抽身。君于甲戌冬乞假回籍。病喜鷗情適，閒教鶴性馴。落帆揚子夜，踏月廣陵春。出處都如夢，參商那記巡。分攜從甲戌，會合又庚辰。却話青雲舊，俱添白髮新。木樨參佛法，黄葉證前因。「黄葉打醒游子夢，木樨參透老僧禪」，余與書宣同宿天寧僧舍句也。景已當搖落，衰拚向隱淪。未成棲倦翼，寧免作勞薪。元老開黄閣，微名達紫宸。壬午冬，余因京江相國之薦，召直南書房。寸長嗟莫效，六論笑空陳。釋褐推先輩，含毫托後塵。我仍留輦下，君亦起漳濱。癸未冬，書宣方還朝。花底隨朝謁，燈前惠討論。詞源寬萬頃，筆陣敵千鈞。妙斲斤能運，奇方手不龜。輿圖歸指掌，道路識迷津。乙酉冬，書宣奉旨入直南薰殿，纂輯《方輿路程》。乙覽皆稱善，公才久合掄。使車方簡命，省試且陶甄。場屋收羅鄴，門墻進郄詵。爲爐分玉石，握管稱金銀。氀毼徒喧謗，從容視笑顰。不慙膺特眷，彌覺重詞臣。紀進士榜發後事。遂啓扶風帳，重持大雅輪。楚材傳自古，儒術近尤振。辭闕還瞻戀，之官亦苦辛。行期何苒苒，别語太諄諄。君于初春，奉督學湖廣之命，四月中乃出都，臨行時，頗以善病爲慮。北轍俄經夏，時余扈從避暑口外。南轅似隔晨。鯉書猶待寄，《鵩賦》忽遄臻。江漢文星墜，瀟湘士氣泯。雖云蒙寵異，寔未展經綸。澤國秋多慘，騷人例豈循。歸旌千里遠，宦况一生貧。憔悴孤踪在，凄凉往跡湮。老年殊少淚，痛極爲沾巾。

院長惠裘一襲賦謝十韻

推解情何厚，炎凉序忽遷。初過摇扇景，已迫授衣天。蒼腋茸交密，銀貂色最鮮。製成微霰候，拜賜朔風前。輕暖渾踰帛，奇温又勝綿。禿襟便跨馬，短後稱垂鞭。裼襲隨時尚，冰霜是夙緣。曉披迴醉纈，夜脱聳吟肩。袖裏攜新卷，箱中感舊氈。敝裘從唱和，回首十三年。癸酉冬，余作《敝裘》詩，先生與西溟、實君、元龍皆有和章。

謝院長贈馬十二韻

廿載曾徒步，三年會上雍。借驢長自笑，騎馬忽相從。華厩蒙分賜，貧家慮乏供。品應超脱兔，種本出飛龍。宋時學士例賜飛龍厩馬。突過風前影，難尋月下踪。蹴冰蹄似鐵，批竹耳成鋒。一色全凝雪，三花待刷鬃。密看毛細膩，垂愛尾鬔鬆。王濟雖多癖，孫陽詎易逢。驅馳憐盛壯，剪拂愧衰慵。捷徑休争取，歸途幸見容。最宜隨下澤，安穩代扶筇。

半截塔次院長韻

龍沙茫茫荒怪集，佛界劃天絶梯級。誰興此塔此山中，高湧蓮華嵌空立。大千起滅微塵過，小劫須臾轉輪急。頑礓亂礫泐作堆，風雨猶疑鬼神入。當時委蜕兩夫婦，華表歸來改城邑。相傳元時有某萬户與其妻棄官學佛，殁後合葬于此。冰天下壓巔頂平，雪谷深埋半腰及。我來訪古興桓地，欲寫山川入行笈。每逢陳跡輒徘徊，口業未停餘宿習。草間定有碑銘在，野火燒殘沮洳濕。國書難考奇渥温，筆授惜少鳩摩什。公詩紀實良足徵，歸去皇輿付編輯。

院長惠家製金銀花露一餅賦謝二十韻

佳名傳《本草》，舊識鷺鷥藤。黄白移時變，金銀任俗稱。但聞兼葉曬，寧解帶花蒸。方法誰邊得，園林手種曾。栽培無棄物，筐筥亦時登。籬密開從徧，枝繁采勿勝。製乘香未散，候視氣先騰。倒挽河車水，徐收井甃繩。夜窗珠滴瀝，晨旭露鮮澄。澹比初融雪，清於乍釋冰。恍疑仙掌露，直向玉盤凝。出火經三日，浮餅貯半升。諒非供熱客，間或餉良朋。邊地尤難致，塵襟豈易膺。流匙宜少許，瀉盞感多承。點酒奇芬溢，和茶别味增。脣沾良已足，肺潤更相應。沆瀣咨仙侣，醍醐問老僧。薔薇紅莫擬，玫瑰紫休矜。白戰聊成咏，慙無故事徵。

重陽日度木倫喀喇沁

亂山高下入圍場，掠面西風似弩强。馬足聲乾千澗葉，雁羣寒警一裘霜。登臨豈必皆吾土，今古閒消幾夕陽。記取題糕重九節，燎毛燔肉共分麞。是日撤圍，賜麞一頭。

雪後隨駕度汗鐵木兒嶺

校獵秋初罷，回鑾雪乍零。雲峯晴皛皛，風磴曉泠泠。换景供吟筆，收圖入畫屏。萬株枯樹頂，獨愛一松青。

重過唐山營

去日村村翠刻堆，歸時碌碡廣場開。天教朔野西成早，又待君王射兔來。

發波羅火屯至藍旗營

劃分一嶺隔西東，自駱駝嶺東北爲校獵之區，其西南則山莊也。半月風光迥不同。沙磧人歸黄落後，山家烟起翠微中。年豐障塞秋先穫，水落浮橋路盡通。誰信古來甌脱地，築場樊圃入豳風。

自星龕岩歸至烏城道中重見霜林西君有詩再次前韵

過眼當摇落，繁華又一時。地非千里遠，候較兩旬遲，曒日晨猶麗，烘霞暖更奇。黄留將雪景，紅發未霜姿。秀拔多喬木，輪囷乏醜枝。似燒原上火，愛映酒邊旗。猶憶衝炎去，曾經緩轡隨。綠陰晴借爽，潤色雨添滋。忽换登高屐，來題看葉詩。含情如見待，有信不吾欺。榮悴天難主，妍媸分各宜。本非松與柏，那免受風吹。

九月十四日烏城旅舍連接諸弟諸兒兩孫八信口占一律

燈花如穗吐烟煤，果有家書出塞來。三處豈應同日發，八函却喜一時開。勸餐兄弟憐年長，到眼兒孫抵夢回。爲報老懷殊不惡，地爐氈帳撥寒灰。

重陽後十日入古北口

踏徧雲中雪外山，敝裘重脱柳重攀。寒花過節如迎客，朔雁先期已度關。官馬散隨黄犢卧，戍兵秋較老農閒。勞生屬有驅馳分，默數三年六往還。

石匣城南村民有駕牛墾田者上駐蹕親履田間扶犂行百餘步一時觀者萬人咸謂聖主重農勸穡至意真千古所未有臣身叨侍從目覩盛事恭紀二十韵

雲捲三秋稻，霜清百頃陂。君王除警蹕，郊甸正鎡基。近接鑾輿過，羣瞻玉趾移。羽林分仗立，耕叟執鞭隨。龍見天垂象，牛馴帝解縻。沾犂皆雨露，被隴即京坻。久悉艱難意，重蒙疾苦咨。事傳千載盛，恩豈一夫私。自昔豐穰慶，嘗聞史册垂。紺轅曾屢駕，黛耜亦頻施。千畝《周官》籍，三推《月令》儀。大都修典禮，已謂致恬熙。幾見勤民主，行當省斂時。西疇躬自蹈，田器手親持。積厚培尤力，居高履愈卑。九州胥樂土，萬乘是農師。《擊壤》歌相勸，吹《豳》繪總宜。人歡聲動地，風遠播爲詩。作所陳《無逸》，鳌成付有司。小臣慙頌述，振古孰如兹。

俞扶九寓齋賞菊分韻得時字

關榆塞柳别經時，一夕從君那得辭。衝雪人過重九節，傲霜花剩半開枝。寒香泛夜差宜酒，病眼經秋漸怯詩。記取燈前論聚散，明年相憶在東籬。時余將請假南歸。

題張研齋前輩桃花流水圖小照時在西苑直廬。

北風夜狂轉冬律，墜葉堦墀寒瑟瑟。生綃忽展横幅圖，暖氣春回映簾日。垂楊夾岸水没篙，碧色染透胭脂毫。晴霞燒空半天赤，點出萬株深淺桃。玉堂學士神仙客，每到花時懷舊陌。鷺鷥翹足鷗刷翎，下有鱖魚長一尺。船頭舉網船尾炊，何如斫鱠留蓬池。披圖空看畫中景，對鏡微添頷下髭。我昨南帆經古皖，棹入樅江春過半。至今清夢繞龍眠，三十六峰紅不斷。可憐此地不相逢，却在雲窗霧閣中。青篛緑簑何日辦，且教閒處付漁翁。

敬業堂詩集卷三十四

西阡集起丙戌十月，盡十二月。

凡詞臣請假葬親者，例移吏部，須六年俸滿，方與彙題。余自癸未入館，甲申授職，通計前後歷俸未滿四年。丙戌秋杪，隨駕歸自口外，於直廬冒昧陳情，叨蒙聖恩俯允所請，誠異數也。回思先母見背，已三十五年；先君棄養，已二十九年矣。長恐溘先朝露，負土無期，今乃得買地西阡，歸營大事。吾子若孫，履斯阡也，當念貧家葬親之不易，益感聖朝卹下之深仁，則兹集所留，特涕泗之痕而已。

恩賜白金二百兩恭紀十韻

竊禄清華地，霑恩湛露天。朱提頒少府，白鏹逮微員。優倍三年俸，榮踰萬選錢，既非金穴比，旨自玉堂宣。重馬歸時載，空囊補處穿。春衣還質庫，客座設青氈。暴富鄰翁問，長貧爨婢憐。每持清白誡，長望子孫賢。不敢辜君惠，行將置墓田。孤生餘頂踵，感涕爲光先。時先人尚未營葬，將以賜金買地。

乞假葬親南歸睿賜騾馬二匹恭紀二十韻

連騎東朝出，輝煌照路岐。來從蒺藜苑，産自渥洼池。騾馬名雖别，龍麟種並孳。漆光明似鑑，騾色純黑。紫啖潤無疵。馬色純紫。抖擻塵沙淨，開張骨骼奇。八蹄行互舉，雙尾立交垂。共飲無踶齕，同槽免縶維。曹韓師畫理，湛岳比妍姿。東坡詩：「馬中湛岳有妍姿。」天厩方登用，房星忽下移。聯翩驚異數，蕃錫荷恩私。臣本駑駘質，生逢特達知。昨來衣白袷，今去鞚青絲。屬有驅馳分，真當愛惜騎。芻茭慚厚給，鞭策敢輕施。每憶重經處，寧忘徒步時。雪深東郭履，寒勒灞橋詩。歸徑逡巡識，旁人指點疑。力衰輸盛壯，心在冀追隨。數齒殊多感，齊銜轉自嗤。長鳴同戀主，臨發又遲遲。

將出都留別院長及同直諸公四首

其一

有生長恐負君親，白首清班忝後塵。蘭畹草生聊自託，鳳池鷗入亦相馴。闕門柳色三經夏，苑路花光四及春。總是恩波最寬處，就中容得濫竽人。

其二

窀穸先人久未營，隨身挈涕每縱横。微官敢作歸田計，聖主能憐負土情。篋有賜書裝不薄，囊惟襆被累差輕。只慚駑鈍宜長放，尚與驊騮逐隊行。去年九月，皇上賜馬一疋，今年十月，皇太子賜騾馬二疋，院長亦曾惠馬，故及之。

其三

勿論解組與彈冠，直爲天高仰報難。情重繞朝新贈策，夢深星瀨舊投竿。九重禁闥深嚴地，七品年勞本分官。倘許衡茅專一壑，猶能曝背話金鑾。

其四

得歸未掃舊巢痕，用東坡詩中意。去住心孤但自捫。列宿回瞻天北極，單車獨赴國西門。檀溪屋老將誰主，栗里田蕪尚有村。長羨冥鴻在寥廓，不曾輕受稻粱恩。

與潤木別於彰儀門外

自我住京師，五年裘换紵。名成時已晚，恩重歸敢遽？子臣虞兩負，方寸亂徐庶。請急太匆匆，痛深創寔鉅。親亡未克葬，貧到傷心處。追憶初喪時，悲端非一緒。汝時尚角丱，至性本天具。今來强仕踰，將伯寔堪助。同歸苦未得，時弟亦欲乞假而未遂。萬事料難預。送我出修門，殷殷戒徒御。我行營大事，家督難自恕。饑凍固其常，兒孫何足慮。來騎蹇驢來，去駕柴車去。風吹日杲杲，飄散蘆花絮。灑淚各無言，哀歌聊自叙。

晚抵良鄉

近畿積雨後，大道成塗泥。舊時攔馬墻，今作蓄水堤。眼中有岐徑，涉足恒恐迷。正賴孤塔高，前行辨東西。南來者誰子，賓從相排擠。光輝溢路旁，簇簇千輪蹄。倉卒爲引避，我車若鷄棲。

早過涿州

曙色朦朧十里橋，城端雙塔聳岧嶢。層冰欲裂風何横，濃日如熏霧忽消。新鬭河淤半蕪沒，舊攀沙柳尚蕭條。出畿便是田園路，南望三千未覺遥。

五更發高碑店

久作京華客，鄉程夢易迷。分明茅店月，猶誤早朝鷄。

食安肅菜

老夫居貧曾種菜，露韭霜菘成替代。揭來竊食大官厨，百甕黄虀剩餘債。歸程晚經安肅縣，一碧環城雪初蓋。流涎大似逢麯車，頤朶腸鳴難久待。頃筐雖乏園官送，求益何妨擔夫賣。銀刀削葉土銼烹，柔滑清甘美無對。花猪肥羜真堪唾，野飯村沽差足配。家童相顧旁愕眙，不信主人心篤愛。我願當官知此味，朘剥毋爲里閭害。又願民間無此色，春社祈年秋報賽。菜畦不蟥田不蝗，過客盤餐聊一快。

渡三叉河沙滋唐三水合流於此

百里平陂際白沙，滋唐兩派匯三叉。樹頭小扇風旗影，舊識中羊村名。賣酒家。

重入束鹿境宿清官店先寄兒建十二韵

上谷南來少戍墩，自張墩以南道旁無堠。天寒日薄易黄昏。重穿野水平沙路，又宿柴門老樹村。地遠郊圻殊僻左，人隨歲月劇驚奔。遠迎何敢煩丞尉，黄丞、趙尉至此相迎。再到惟欣長子孫。顧我便能偕隱否，問渠可有去思存。時兒建循例量移，將離任矣。一家飽暖踰初望，百里絃歌盡國恩。捧檄當時聊自慰，折腰今日且休論。仰邀天幸年頻稔，下賴民淳訟少冤。成就汝爲無過吏，保全家是舊清門。雖無餘力營三徑，已忝廉名達九閽。酒盞久抛思共把，燈花何喜遽能繁。明朝飲馬滹沱側，好對清流驗鬢痕。

乙亥秋與許霜巖同過深州忽忽十二年矣重經此地題壁依然時許遠宦滇南口占寄之

飛鴻一散天南北，指爪痕從壞壁留。惆悵城南獨吟客，夕陽隨影過深州。

饒陽道中作

我前冬日暖，我後北風狂。向背苟異宜，一身判陰陽。矧乃別形體，疾痛焉能詳。造物豈不仁，饑寒盈道傍。目存力匪逮，惻惻中自傷。

曉發河間黄昏抵大城縣

瀛海東來路，漫漫百里長。田荒薪比桂，潦退鹻如霜。牛跡迷朝霧，鴉聲散夕陽。誰憐畿内地，經眼有蒼凉。

奉謁座主少宗伯許公於大城官署敬呈二律

其一

一城斗大控河壖，析木遥從天漢連。永賴渠成傳萬世，暫勞公出已三年。時子牙河堤告成，報績不遠矣。棠陰樹樹堤邊柳，膏澤村村葑上田。漳滏滹沱皆厎績，不曾輕費水衡錢。

其二

秩宗兼職領司空，畿輔行看奏禹功。憶送氈車衝朔雪，重來冰署坐春風。何人愛士同迂叟，從此歸田望醉翁。準備籃輿候三徑，先傳鄉信到江東。

曲路店遇吴元朗

去國非初約，相逢淚一揮。余因營葬出，君亦帶星歸。時元朗丁内艱。衰柳催蓬鬢，枯風裂布衣。半生知己分，到此倍依依。

大風抵張夏戲題旅壁

四幅帷裳巧障風，到來村巷聚兒童。此中閉置疑新婦，一笑那知是老翁。

崮山柏

戢戢排行欲及千，黄楊小厄故依然。廿年野火荒山道，看爾幾成劫後仙。

長清山行

曉露趁殘更，荒鷄失次鳴。嚴霜升井氣，落木走風聲。磵道衝沙聚，山牆叠石成。大都生獷俗，磊塊總難平。

泰安州題壁

少負狂名老好奇，逢山興發尚淋漓。如何十度城南宿，不敢輕題望岱詩。

長至日山左道中即目書懷二十四韻

一線添歸日，初陽放曉晴。細泉冰底咽，枯草燒餘萌。土瘠逢人問，年衰换節驚。滿前憐凍餒，即事歎凄清。此地初荒旱，相傳半死生。至尊憂獨切，當事責差輕。足陌千緡給，留漕萬數盈。不教移積粟，專欲活殘甿。碩鼠成羣聚，哀鴻四散鳴。民貧寧樂禍，官賑特空名。受爵能無愧，增階竟冒榮。牛羊難問種，鷄犬乍聞聲。正使流亡復，懸知疾苦併。如何經儉歲，尚爾廢深耕。亟飾郵亭麗，修治平聲道路平。戍旗雙雙堠，墟落短長程。僅免追呼擾，幾同力役征。辛勤偕婦女，卒作及兒嬰。望幸心雖結，安巢計未成。皇仁終見憫，吏治亟宜更。自笑犂鋤叟，來隨商旅行。何曾受芻牧，直是惜婺惸。暖律回鄉夢，寒灰付宦情。所祈年穀熟，終老卧柴荆。

羊太傅故里

《班書》源可考，系出泰山羊。世已經千載，魂應戀故鄉。功名論際會，氏族閲興亡。峴首沈碑後，何須感歎長。

新泰城南望敖山

孤峯截斷連山脈，大似人間獨立人。地湧雲根浮縹緲，一名青雲山。天生石骨瘦嶙峋。仰瞻泰岱旁無附，平揖徂徠近作鄰。不用多生閒草木，免教榮落改冬春。

旅店食雉兔作

頻歲叨陪獵，秋田雉兔肥。中官馳馬賜，侍從掛鞍歸。北上何年再，南烹此味稀。經過慚野饋，寂寞慰朝饑。

蒙陰城東十餘里地名城子莊壬午初秋曾一飯於此水旱之餘居民百餘家轉徙殆盡惟舊時逆旅主人在耳感歎不已紀之以詩

敗茅頽壁兩三間，百室漂流偶一還。記得往年題句在，豆花棚下看蒙山。

抱犢詞 桃墟道中見一老叟抱黄犢騎驢而行，戲作。

東村牛㮣秋不熟，别向村西買黄犢。買成抱上蹇驢騎，驢尾稀如翁鬢秃。驢今馱翁復馱畜，步步施鞭毋乃酷？人情厚薄從古然，或加諸膝或墜淵。

古明鏡詞 見道旁醜婦而作。

人間有真色，嬌者顔如蓮。東家欲效之，紅白調朱鉛。衆方賞塗抹，羣謂醜者妍。好女不自明，詎藉旁人憐。妍媸果若從人定，何用團圞鑄明鏡。

沂州出山

沙淺沙深突復坳，一行疎樹帶烟郊。山經齊魯青纔了，馬渡洸沂碧未膠。小圃重樊因枳椇，浮橋粗就賴蘆茭。經旬尚滯黄河北，漸喜魚羹入客庖。

淮北聞雁

風急霜清欲渡淮，數聲客夢驀驚回。與誰好作江湖伴，東坡詩：「我衰寄江湖，老伴雜鵞鴨。」憐汝亦從邊塞來。殘月曉催千片落，長天寒曳一繩開。蓮房菰米沈波後，集澤羣多亦可哀。夏秋之交，淮南北皆被水。

從宿遷登舟連夜渡河

勞筋貪暫息，買棹聽漁歌。漸與江淮近，自然鴻雁多。涸沙無斷岸，急浪有盤渦。忽報晨冰合，吾舟已渡河。

黄河中流見月出口占一絶

誰謂河流濁，吾疑徹底清。一眉殘月影，鏡裏看初生。

發清江浦二首

其一

南來步步遠風霾，川路晨征一倍佳。竹篾蒲帆渾不用，櫓聲如雁下長淮。

其二

編蘆縛荻聚成堆，大舸多從江外來。試問老堤堤畔柳，年年辛苦爲誰栽。

重晤大司農徐浩軒先生於淮上二首

其一

邊風朔雪灑重裘，猶記鋒車一夕留。却到淮陽冬候暖，滿窗紅日話中秋。中秋前，先生復命至塞外，于柳林口行帳中盤桓半日。

其二

河堤本是司空職，計相重乘使者軺。館閣人情久延竚，江湖粗了合還朝。先生以大司農兼翰林掌院，教習庶常，似不應久于外，故云。

張運青先生見餉食物遣人遠致于四十里外以詩奉謝

見說官厨儉，淮流孰與清。於公無媿色，餉我見真情。追送煩郵使，分嘗徧老兵。道旁傳異事，此客勿相輕。

寶應雨泊

冒雨衝泥取次行，多年不聽滴篷聲。此聲好是治聾藥，老耳孤燈分外清。

曉晴發寶應喜得順風先寄德尹揚州

安宜城外雨餘天，晨旭初生血樣鮮。湖似貫珠行不盡，秦少游詩：「高郵西北多巨湖，纍纍相連如貫珠。」雲隨飛鳥勢争先。離心各抱三年外，短夢難禁兩日前。一事報渠差快意，好風添送順流船。

掛帆行六十里將抵界首風勢轉狂小舟不敢下閘戲成二絶

其一

閘口狂風撼柁樓，堤邊驚浪聚浮漚。何妨暫作須臾住，只算荒灣遇石尤。

其二

石尤風緊人知避，我獨逡巡避順風。不謂有風行不得，掛帆何必急流中。

高郵道中

北風吹折荒灘蘆，四無頃畝純浸湖。周遭三十六陂水，中置一城形覆盂。蔣之奇詩：「中間可以置戍城，隱然高阜如覆盂。」城頭角聲曉如訴，城外人家半漁户。我來正及積潦收，但見飛鳧導前路。買魚射鴨值幾錢，所愁米貴厨無烟。水鄉作客大不易，嗟爾居民誠可憐。

大雪夜泊瓜洲二首

其一

茱萸灣北晨沽酒，瓜字洲南夜泊船。我自只如常日醉，人言風雪滿江天。

其二

歸途未免防冰雪，一月晴和竟似春。今日漁簑堪入畫，天公原不薄歸人。

雪後渡揚子江

廿里風程一霎間，海門晴色帶潮還。白頭浪裏參差影，看盡江南雪後山。

舟過丹陽有感於范堯夫事漫成一律

郵籤朝過曲阿城，又是江東第二程。一刺投名羞俗態，十年爲客見人情。當時已少郭元振，故友誰如石曼卿？預遣家書刻歸日，兒童不用遠相迎。是日遣老僕先歸。

三十年來舟過無錫未嘗再游惠山口占解嘲

來往如梭三十年，不曾重酌德池泉。他時終作法雲老，償取平生未了緣。

膠山在無錫縣東四十里九域志云山南有梁蕭侍郎故宅今無可考矣

蕭蕭雁鶩鳴枯蒲，南朝侍郎宅有無。膠山漸近惠山遠，中隔芙蓉一片湖。

渡尚父湖晚抵虞山二首

其　一

烟村雨浦遞灣環，忽入澄湖沓藹間。常愛大癡横幅好，不知粉本在虞山。

其　二

長松高下蔭坡陀，老柳參差蘸碧波。咫尺吴門風景别，山塘十里稻堆多。

過錢玉友河亭話舊二首時已收身奉佛但未廢飲耳

其一

團蒲旁着一龕燈，韁鎖中無杜伯升。事見東坡詩。長恐入門遭痛棒，對君吾是啞羊僧。

其二

不愛天花作道場，萬緣消盡酒難忘。白樂天有《何處難忘酒》詩。從今方丈維摩室，添瓣清香祀杜康。

與許暘谷時許初自山右歸

一笑還家未覺貧，奉承堂上白頭親。可憐我亦稱人子，負米歸來晚爲身。少陵詩：「負米晚爲身，每食臉必泫。」

西阡雜感五首

其一

銜恤三十年，今方卜城域。有身彌自痛，負土假人力。

其　二

兩山如玦抱，一水縈紆注。落葉滿西阡，別家墳上樹。

其　三

坡陁非丈五，馬鬣是新封。小著樊籬護，須防鹿觸松。

其　四

墓田故無多，又占數間屋。庶望子孫賢，既耕且還讀。

其　五

一門四兄弟，去住難自主。丙舍幸已成，神傷對牀雨。時潤木乞假未得。

除夕與德尹信菴守歲二首

其　一

驧鷄篘酒餞殘年，餽歲鄉風自昔傳。不爲盤餐營口腹，老來情味合歸田。

其　二

家貧未免思游宦，及至成名累有官。畢竟商量何計穩，白頭兄弟一堂難。

迎鑾集起丁亥正月，盡一年。

丙戌偪臘抵家，營先人葬事畢，將於西阡築舍，爲休息計。會天子閲河南巡，在籍臣僚，例應遠迎。明年正月，買舟渡河，隨鑾自淮陽抵江寧，至蘇、杭。五月初，於高郵送駕，再展六月之假，乃復歸里。通計一年中，息肩不過二百日，懶不作詩，僅得如干首。

園梅垂放而主人將出門口占一絶

冰雪禁繁蕊，莓苔裹老枝。吾閒猶未得，不謂爾開遲。

錢玉友有見寄長篇極論作詩之旨終以傳世相期許兼承不朽之託連日阻風虎丘舟中無事賦此奉酬

吾觀工畫人，胸本藴丘壑。雲烟資變幻，山水赴脈絡。又聞國手碁，惜子不輕落。翻新布奇勢，全局如一著。良醫去成見，因病施方藥。巧匠先量材，運斤乃盤礴。羿射無詭遇，騶琴有醳攫。高僧厭苦空，八棒解拘縛。老仙出狡獪，九鎖啓槖籥。惟詩亦云然，衆美視斟酌。神功須力到，佳境豈意度。人皆信手成，孰肯苦心作。同心得錢子，洞見非隔膜。惜哉方逃禪，此道付糟粕。偶然一吐露，萬象互醻酢。足知精進幢，隨事無退却。投篇過推許，不量余所作。平生知己分，夙昔慎唯諾。寧待遲暮年，重爲不朽託。君其益自愛，藏藁手親削。玉友近編所作詩九卷，名《撫雲集》。

夜泊京口

誰信勞生有路難，山川猶作故鄉看。風翻石壁連城動，潮滿江船出口寬。細火一星疑遠市，重裘二月尚春寒。東君不管梅花信，任向高樓笛裏殘。

奉和座主相國澤州公吴橋道中見寄之作敬次原韵時扈蹕南巡。

浮浮薊北烟，暧暧江南樹。聞公陪輦出，延竚凡幾度。早梅已飄香，繁杏亦修嫮。惟占燕雀喜，詎觸蛟蜃怒。挂席下清淮，馳情快前遇。詩高有孤唱，興愜無長路。絮暖茱萸灣，風輕桃葉渡。舊遊吟未足，更向湖山去。

院長揆公出都時亦有詩見寄清江舟中出以索和奉次原韻並簡唐東江考功

清音天半落松杉，吟傍仙舟響亦凡。夜雨一篙平岸水，春蒲十幅渡河帆。不辭醉咏花欹帽，預擬題襟墨漬衫。爲報東江老居士，速馳詩遞答來函。

揚州城外觀燈船和友人韻二首

其一

琉璃一片映珊瑚，上有青天下有湖。岸岸樓臺開晝錦，船船絃索曳歌珠。二分明月收光避，千隊驪龍逐仗趨。不爲水嬉誇盛事，萬人連夕樂堯衢。

其二

錦纜朱欄綵鷁羣，滿川春暖氣如熏。倒窺銀海千枝燄，迸散金波五色雲。雁齒初裝虹有暈，魚鱗不動水無紋。君王到處皆勤政，猶自宵衣坐夜分。

題湘雨禪師宙亭詩集後師乞余作序故落句及之

九僧歿後名僧少，今見詩中第十人。傾倒盋囊千斛水，洗空衣裓七條塵。秋田領鶴精神爽，春谷聞蘭臭味親。不敢與師多作序，欲離文字證前因。

初登金山

齋鐘浴鼓平生夢，垂老方成巵蹕遊。忽聽潮聲分兩派，信知樹影在中流。千檣雲霧浮孤塔，三島樓臺聚一漚。終脱朝衫穿野衲，卓菴閒地幸相留。

清明喜霽再登金山同院長作

片颿重過潤州城，曙色東來海氣晴。千點桃花一江水，妙高峰下作清明。

雨後隨駕發龍潭抵江寧

晨隨羽衛發龍潭，雨氣初收日色暹。驛路馬嘶泥滑滑，野田雉雊麥漸漸。六朝烟柳攀罾岸，三月風花賣酒帘。《擊壤》吹《豳》聲一概，尚煩停蹕問茅檐。

隨駕謁明太祖孝陵恭紀十二韻

明祖山林在，天家祀典昭。千官隨虎旅，萬乘駐鸞鑣。風雨東來近，江關北睇遥。石城蟠脈厚，靈谷蓄泉饒。狐兔何曾窟，松楸竟不凋。運雖經鼎革，詔特禁芻蕘。下馬坊猶聳，祾恩殿忍燒。遺民安率土，聖主念前朝。本以仁除暴，還同舜紹堯。統傳心有契，社廢廟無祧。陵户煩增置，神宫儼舊寮。霸圖卑六代，園寢任蕭條。

院長見贈大篇過蒙推獎次韵奉酬

《騷》《雅》本正聲，沿流乃盡變。前賢不苟作，寸錦勝匹練。自從篇什繁，觀者目易眩。公才擬日星，有作萬人見。圭璋既特達，氣類必引薦。賞奇神有交，嗜善誨不倦。手持大圓鏡，盡攝諸方彦。高談折深源，小智窮曼倩。伊余好唫詠，宿昔弄柔翰。駑駘百舍趨，追驥不及半。人言桃李春，自顧桑榆晏。雄辭荷獎借，照眼驚璀璨。穆穆被清風，嘐嘐發將旦。和章如草木，披拂聊供翫。

自葑門至崑山舟中作

鯉魚橋外綵旗斜，乙未亭邊鼓笛譁。六十四涇烟水色，半隨鳳艒泛桃花。鯉魚橋、乙未亭皆在葑門外，見丘與權《築塘記》，六十四涇，詳《吴郡志》中。

立夏日吴山寓樓偕竹垞朱先生及鄭息廬馬衎齋素村家德尹爲櫻筍之會竹垞有詩和答一首

夏木陰中夏日長，小樓西面吸湖光。簾櫳昨夜猶春雨，花事今年偶故鄉。佳節重逢知幾度，白頭一笑抵千場。朱櫻紫筍家園味，容易山厨得飽嘗。

雨中隨駕泛舟西湖次院長韵五首

其　一

看山曾向雨絲中，青苧竿頭弱柳風。今日船從天上坐，亭臺不與昔年同。

其　二

沿隄畫槳愛徐行，但换橋坊不改名。水墨圖中天一色，鷺鷥幾點去分明。

其三

澄波何處著纖埃，寺面多從鏡裏開。放鶴亭邊聊一憩，居僧猶記探梅來。

其四

摇曳垂楊淺水灣，心隨魚鳥欲忘還。裏湖行盡外湖出，又露西南兩角山。

其五

老去論詩敢自豪，從公遊興尚陶陶。袖中攜得西湖去，十幅吟箋勝薛濤。

昭慶僧樓同年佟淵若學士步月見訪

滿川烟火氣熏蒸，誰解敲門問老僧。多謝同年能見訪，上樓初點佛前燈。是夕，湖舫烟火最盛。

和淵若學士西湖雜咏四首

其一

短牆高閣俯層瀾，中有幽人洗眼看。漫道放船隨處好，烟波終讓外湖寬。時淵若寓段橋外。

其　二

雙鳩啼雨又連朝，濕翠濛濛隔岸遥。好片蘇公隄畔柳，映人騎馬渡虹橋。

其　三

賀監狂名老在無，酒船一櫂未應孤。心知不及閒鷗鷺，拂雨翹烟占此湖。

其　四

四圍圖畫本天成，三面雲山一面城。多少才人吟不盡，尚留佳句待先生。

雨中過南湖訪老友盛鶴江二首

其　一

幾稍新竹透籬根，一片蒼苔印屐痕。六七年來閒不出，感君爲我特開門。

其　二

烟雨迷離又一春，舊遊如夢亦如塵。萬緣消盡詩名在，猶替南湖作主人。

隨駕重至虎丘寓直仰蘇樓下

好片生公石，重來似十洲。爲逢僧話舊，猶認仰蘇樓。

聞兒建到家之信

爲貧而仕全家出，末路何堪久別離。書卷拋來飽魚蠹，田園荒後長榛茨。急流自信差能退，廉吏誰云不可爲。比似遷官還校喜，燈花爲汝報歸期。

吳門舟次喜遇潤木假歸

誰傳遠信自京華，聞汝歸程漸有涯。驟見尚疑俱作客，昨歸翻怪不同車。半年冰雪愁爲減，一飯江湖勸互加。錯料老夫詩是讖，白頭兄弟盡還家。予去年除夕詩有「白頭兄弟一堂難」之句，故云。

重酌惠山泉

千章老樹蔭渟泓，不忝《茶經》第二名。急借匏尊蠲久渴，旋敲石火試新烹。僧無吝色從多汲，客有餘甘爲一清。挈得缾罌須穩載，免教地主累張衡。

奉謁侍讀秦公於寄暢園敬呈五章

其　一

石龍噴沫轉堦除，平碧中涵萬緑俱。信是有源能不竭，旁分一派給僧厨。

其　二

合抱淩雲勢不孤，名材得並豫章無？平安上報天顔喜，此樹江南只一株。園中樟樹一本，乃數百年物，上嘗傳問：「此樹無恙？」故云。

其　三

山光水色盡沾恩，風月兼留雨露痕，堂中有「山光水色」、「松風水月」諸額，皆十餘年來御筆屢次題賜者。頭白村翁傳盛事，鑾輿六度幸名園。

其　四

德門子弟媲荀陳，再見瓊枝玉樹新。謂洛生喬梓。却笑平泉空作記，世家難得是文人。

其　五

韓公文體杜詩名，謝傅家聲白宦情。四海只今無執友，從遊應許老門生。辛酉，先生典試江西，廬陵彭公是科所得士。慎行癸酉舉京兆，又出彭公門下，例得稱門生。

麥秋

桑疇宜暖麥宜寒，宵旰憂勤亦少寬。親見江淮民樂業，清和天氣好回鑾。

邵伯埭送駕後歸舟即事二首

其一

埭南埭北鯗魚肥，斗野亭邊興不違。説與故人應惜別，千帆送盡一帆歸。

其二

高寶中央地最低，秧針浮水水浮畦。霑沙雨足牛蹄健，萬頃湖田盡架犂。

與德尹自揚州連舫渡江

梅花開後草堂前，準擬春來共醉眠。此福兩人消不得，半年五上渡江船。

入夏苦旱六月十五早偕鄉人禱雨烏龍井步至菩提山真如寺二首

其一

淡月朦朧般若臺，沈沈海岸蔽黄埃。可憐我本無田者，足躧荒山乞雨來。

其二

皋蘇遺廟在巖阿，潛説友《臨安志》云：「鹽官縣東七十里有烏龍井，廣四尺，深七尺，冬夏不竭，相傳皋、蘇二將軍逐黄巢死於此，因祠焉。紹興十年，歲旱，禱雨即應，勑賜『濟福廟』額，在寺南六里。」古井年深不起波。好笑兩三垂白叟，便思泥首致滂沱。

耳聾

五官初廢一，萬竅爲收聲。絲竹吾何與，雷霆衆自驚。少聞差省事，多笑豈無情。社酒如堪治，明年試聽鶯。

十月十七日病起過鄰僧融然房看菊

閒僧仍種菊，病叟偶還鄉。物色憐寒蝶，人情愛晚香。開遲經夏旱，節爽似秋涼。對此增悄悵，吾家徑久荒。

周濂溪先生家塾銅章一枚形製奇古其裔孫歷世寶藏來索題句敬賦一章

道州崛起千年下，聖學昭如揭日星。遂使大儒承統系，猶留小器覩儀刑。摩挲繆篆蟲魚古，洗剔銅花翡翠青。不比還珠空寶櫝，子孫長得護精靈。

天寧詩僧文緯見過

夕陽影裏鴉投樹，落葉聲中犬吠船。久矣蓬門無剥啄，偶然葦岸有緣沿。孤吟喜接金襴友，一味能參玉版禪。時以冬笋見餉。絕勝地爐煨芋在，爲師飽喫送殘年。

敬業堂詩集卷三十五

還朝集起戊子正月，盡五月。

家居一年，展限已滿。州縣敦迫就道，勢難逡巡。一術士語余曰：「君欲賦《遂初》，其在壬癸之交乎。」余笑而頷之，既至都，仍内直〔一〕。昔楊誠齋自江西召還，陸務觀有相賀歸館之作，今集中所載《朝天續集》，此其時也。後五年從江東賦歸。果若術士言，則余之退休亦不遠矣。

〔一〕「仍内直」，《原稿》作「仍入内直」。

立春後五日清溪舟中大雪留别談未菴徐任可十二韻

四野雲俄合，孤舟凍始消。東風鳴昨夜，大雪灑今朝。邂逅成奇特，斯須破寂寥。連峰胥挺玉，衆水畢趨苕。委浪疑鋪練，投村誤斷橋。微嫌經臘少，偏愛入春饒。亞白回梅眼，誇輕鬭柳腰。近人何脈脈，隨我太飄飄。吟對知才減，寒禁待酒澆。畫圖愁去國，蹤跡笑還朝。時余將北上。莫便欺蘭蕙，終須別艾蕭。溪山有迷路，長恐失漁樵。

聞少詹姪京邸訃音時余方束北裝先馳詩四章哭之

其　一

忽馳家信入新春，凶問初傳或未真。共訝緘封纔偪臘，不知屬纊已經旬。兩宫遣問無虚日，一姓哀榮得幾人。屈指輀車定南下，空將老淚灑征塵。

其　二

早年同學晚同官，永訣俄從小別拚。去年四月杪，與聲山别於揚州。哭有餘哀何日盡，死無留憾古來難。層霄路近瞻雙闕，淺土年深痛兩棺。臯復有靈知不瞑，側身天地荷恩寬。

其　三

家門先後忝科名，臚唱同聽第四聲。遲汝八年稱後輩，丁丑春，聲山從庶常授編修，余授職在甲申冬月，相距八年。長余一月禮先兄。余兩人皆庚寅生，而聲山長余一月，上前奏帖及班次，余皆在後，故云。籍咸入社名相亞，廣受還鄉夢隔生。從此孤踪兼善病，菟裘知復幾時營。

其　四

推挽無端到不才，王程何處不追陪。每當宣唤㦰臣老，嘗蒙東宫召對，以姪故，呼慎行曰「老查」。特被恩頒恤爾衰。丙戌十月，姪病不入直，上出人參一斤，命慎行賫賜。《七發》同朝皆屬望，三年一病竟摧頹。可憐烹鯉沈綿候，猶寄音書促我來。

過梅里爲竹垞先生留一日

鄭重還山約，餘年準擬同。如何向岐路，又復轉孤篷。過酒衝筵雪，維舟拍岸風。我衰公早白，告别敢怱怱。

虎丘花信樓與馬素村别

樓頭樹色已葱葱，樓外烟光薄未融。客况前遊前度夢，去年二月，泊舟樓下，五日乃渡江。春程一雨一番風。緑蕪望極空濛際，白髮痕深聚散中。多感故人臨别意，揮絃遥送倦飛鴻。

丹陽即目

連檣旁有小車行，不斷伊鴉轣轆聲。夾岸坡陁帶殘雪，麥苗青上曲阿城。

重過高旻寺留别湘雨長老

茱萸灣口記停船，再叩禪扉已隔年。四海僧皈康寶月，三生人説杜樊川。閒投拄杖殘雲外，倦倚征帆落照前。等是有山歸未得，憐師還復望師憐。

雪後晚抵儀真

白沙一道走平川，野有耕犂步有船。萬頃瓊田鋪宿麥，幾村茅屋起蒼烟。新泥滑路逢初霽，枯樹攀條感昔年。曾是阻風中酒地，老來情緒倍依然。乙亥秋，從六合發舟，阻風于此。

江浦農家

江邑連年旱，爲農詎免饑。牛羊誰是牧，雀鼠自能肥。野廢林廬在，城蕪户口稀。眼看春社近，倘與燕同歸。

滁州看山

霧薄疎林晴曖曖，雪消幽澗響潺潺。曉來衝霧踏殘雪，愛看環滁面面山。

欲遊瑯邪山尋醉翁亭不果

征輪兀兀鬢催斑，誰遣勞薪不暫閒。咫尺西亭行不到，又隨春雁度關山。土人呼清流關爲關山。

清流關

一綫飛流百丈清，洩雲歕雨落峥嶸。時平久罷中原戍，地險猶沿五代名。琴筑低昂因石勢，風濤起滅付松聲。瓦銚茶熟行人渴，只有閒僧管送迎。

磨盤山

勿論九折與千盤，涉足誰如此路寬。羊角旋風隨曲曲，磨牛陳跡轉團團。連雲取棧紆終到，峻坂迴車下最難。不是人間無捷徑[一]，漸鴻原自喜盤桓。

〔二〕「不是」，《原稿》作「爲報」。

池河驛

古驛千家聚，鍾離北望孤。河流近淮泗，山脈盡荆塗。客飯論珠貴，村醪計盞沽。明朝貪早發，前路入平蕪。

臨淮縣渡河

暴漲衝橋斷，孤城比石堅。中流聲沸地，別浦氣沈烟。渴虎憎關吏，饑烏仰客船。渡淮魚米賤，鄰壤接豐年。

淮北道中

隔岸草纖纖，人家緑映檐。泥中逢驛騎，樹杪展風帆。暮色遥天落，春寒細雨攙。故鄉行漸遠，猶未换春衫。

冒雨發皇莊入靈壁境泥淖甚深兢兢有失足之慮車中口占

泥濘忽如許，行行險且紆。平生無闊步，老去復長途。不少前車鑒，誰爲將伯呼。短笻吾賴汝，綏急幸攜扶〔一〕。

〔一〕「攜」，《原稿》作「相」。

宿州村家有種柏作籬者戲嘲之

數椽曲木架茅茨，雨打風翻大半欹。多少荆榛寬束縛，屈將翠柏作樊籬。

春　寒

杏蕊稀疎菖葉短，田家占候幾回過。春光只似宦情冷，自渡江來風雨多。

旅店食紅蓮米飯

見説太丘産，紅蓮稻最良。色疑新出水，粒愛乍除芒。少陵詩：「除芒子粒紅。」淅罷鮮于染，炊來軟更薌。曾蒙天上賜，往年隨駕口外，官厨曾賜食。一飯愧私嘗。

永城縣署與唐殿宣飲別

共作風塵吏，聊追夙昔歡。分攜頻改歲，相勸一加餐。酒緑禁愁淺，燈紅欲別難。老深兒女戀，直似故鄉看。君之長子，余姪婿也，余姪又爲君婿，時皆在座。

道旁官柳一樹獨枯〔一〕

同根連理枝，一樣被風吹。莫問榮枯意，春工兩不知。

〔一〕「一」，《原稿》作「半」。

商丘道上戲作兼寄同年宋山言二首

其一

少治《春秋》老漸疑，宋都舊事記依稀。近來六鷁多争進，幾見因風稍退飛。

其二

梁園春半好風光，紅杏開鄰宋玉墻。苦被時名牽率去，一官頭白校書忙。

寧陵喜雨

客過中州愛物華，沙隨城外氣清嘉。轆轤轉井晨澆菜，榾楱開田午種花。地産木棉，土人但呼爲花，今其下種時也。色映酒壚三尺紵，聲和牛鐸四輪車。空傳杞宋遺風在，喬木何曾屬世家。

贈正華長老并序

去睢州城北十里，道旁梵宇，俗呼鐵佛寺。持住長老，吴人也。自言蘇州嚴墓李氏子，少依巨德禪師記莂，法名正華。康熙庚申，渡江北遊，將赴五臺，禮文殊瑞像。一夕經此，坐道旁，卧鐘下，諦視，則李正華姓名在焉。恍然悟前生之爲行脚僧也。兹地舊有佛廬，明季燬於兵火。遂發願募化，銖積寸累，經二十餘年，乃薙草開林，凡爲殿四重，莊嚴像設，廊廡周遭僧寮及庖湢之所，共六十餘間。仍以餘金買常住田二頃，飯南北往來緇衆，今寺成而年老矣。余覩而異之，爲詳記始末，并贈以詩。

曾爲行脚此經行，聚鐵依稀鑄姓名。重向荒村投一宿，忽從古佛證前生。斧斯荊棘還初地，海湧樓臺現化城。用盡萬金殘債了，結跏依舊聽鐘聲。

伯牛岡在杞縣城東上有冉子廟地非孔道行人罕有過而問者

垂鞭來問伯牛岡，田叟扶犂過我旁。指點人烟最深處，一村新柳似鵝黄。

重至陳留縣齋與許不器話舊二首

其一

小許移官去，回頭十四年。乙亥秋，許霜岩出宰兹邑，邀余同來，留此兩月。故人今宦此，古義兩殷然。種樹添新蔭，開池得美泉。重來娱老眼，光景勝從前。

其二

不料衝煩邑，衙齋乃爾閒。簿書神不滯，交友性相關。却媿安余素，居貧諒汝艱。一杯渾暖熱，相顧慰衰顔。是日大風，寒甚。

大雪暮抵開封湯西崖前輩留飲學署二首

其一

二月梁園雪，春風特地寒。行防街路滑，到及酒升寬。物色符清望，交情稱冷官。庭花經手植，何惜借人看。

其二

一代文章伯，中原桃李陰。青春聊作伴，白髪莫相侵。與國培元氣，於公識苦心。人知讀書貴，土價比黄金。

徐大來太守送黄河水

汴俗多鹽井，黄流遠不侵。兩牛煩重載，斛水抵兼金。澹泊知官味，清凉鑒客心。飲河還自哂，滿腹恐難禁。

雪後發汴城

三日大梁住，北風吹不休。朝來開霽景，擬上渡河舟。此地多賢主，吾生感舊遊。吹臺桃柳色，臨老重回頭。

渡黄河

地勢豁中州，黄河掌上流。岸低沙易涸，天遠樹全浮。梁宋回頭失，徐淮極目收。身輕往來便，自歎不如鷗。

延津城北望太行山

河壖一小縣，傳是廪延城。野燒痕猶在，沙田廢不耕。民謡思樂土，客飯記荒程。指點鹽車路，千峰馬首晴。

早過淇縣

高登橋下水湯湯，朝涉河邊露氣涼。高登橋、朝涉河皆在城南。行過淇園天未曉，一痕殘月杏花香。

渡淇水

昨日渡衛源，今朝涉淇水。出山雖異派，相望不百里。遊子中原來，黄流混混耳。忽然鑒毛髮，顧影落清泚。風塵有黧顔，夫豈水污爾。從衰旋得白，正坐不知止。逝者方如斯，於何觀止理。寓形忌太潔，外垢庶可洗。

鄴下雜咏四首

其　一

湯陰城外千楊柳，密罩征鞍過相州。中有一株柔可愛，勸人繫馬拂人頭。

其　二

一賦何當敵《兩京》，也知土木費經營。濁漳確是無情物，流盡繁華只此聲。

其　三

頑礫粗礓少硯材，詞人陳跡散如灰。兩家摶土殊多事，曾範三臺舊瓦來。

其　四

一月寒禁幾信風，初從河北聽豐隆。老夫準備看花眼，半日停鞭住鄴中。是夕雷雨。

雨後發豐樂鎮渡漳河

雷雨已過朝復暾，早桃欲花烟滿村。夢中似聞簷滴響，渡口微覺河流渾。青山濛濛作雲氣，白浪滚滚留沙痕。滏陽北望三十里，舊事過眼從誰論。曩與許霜岩過此，有「芰荷香裏到磁州」

之句。

釃渠詩并序

磁州在漳、滏二水間，大興蔣侯來知州事，始至相度地勢，慨然思復西門豹、史起之舊，謀於州之士民，咸慮勞且費，侯獨違羣議，毅然爲之。釃滏陽河爲渠，以灌城南北。渠之廣不過一丈，深半之，曲折通流，建閘以驗盈縮，旱潦有備，蓄洩以時行之。十年開稻田數萬頃，歲收數十萬斛，初以爲不便者，後皆帖帖，謂侯之惠愛斯人，惟斷乃成也。侯名擢，字試可，余未識其人，過其境，聞父老之言，有古循吏之風焉。作詩以竢采風者。

一州頓復西門績，南北釃流引滏河。綠樹成陰茅屋少，清渠夾鏡稻田多。年深漸欲孳魚蟹，利美兼宜植芰荷。他日誰裁《溝洫志》，吾詩或可當絃歌。

題邯鄲吕仙祠壁

百念全消一老夫，神仙不信信浮屠。直饒贈枕成何用，鼻息如雷夢已無。

臨洺關

臨洺關前春水緑，草色平鋪接沙麓。戍人閒雜老農耕，拾得前朝戰場鏃。

自褡褳店騎驢至沙河

遥遥沙河城，皛皛堆坳白。驢耳露雙尖，驢蹄深一尺。

鴉拾粒行

牛前仰而犂，鴉後俛以拾。牛豈爲鴉耕，鴉因牛得粒。農夫呵牛長苦饑，不如鴉羣飽食東西飛。

渡泜水有感於張陳事

泜河直下常山郡，誰遣當年竟不流。此事終留交道恨，萬屍填壍兩人仇。

上巳趙州道中二首

其一

幾日冰開合，餘寒勒柳條。十日前中州已見杏花，而邯鄲以北柳未全緑，氣候之不同如此。水濱游女少，閒殺趙州橋。

其二

平原留故里，牢落幾人家。客過誰澆酒，僧來且喫茶。

與張昆詒時宰新樂。

惠好自兒童，相看忽老翁。以君三歲長，與我兩心同。書畫性成癖，絃歌聲可風。桑榆須早計，歸路免西東。

定武道中

積雪春猶潦，連朝釋凍痕。鶯花何太晚，榆柳不勝繁。貰酒中山市，騎驢代北村。秖愁風色惡，回首太行昏。

堯母泉在慶都城南源發于平地四時不涸環城數十里間居民頗護其利

《禹貢》遺風冀壤先，帝鄉耕鑿故依然。繞城半食蒲荷利，源在南鄉一眼泉。道旁石碑稱「堯母鄉第一泉」。

保陽城西望落翮山

不斷羊腸麓，東來萬馬趨。數峰銜落日，此路出飛狐。

狂風行

碧天杲杲日正中，萬竅突發顛狂風。塵沙滃勃晝冥晦，瓦礫旋轉隨枯蓬。使人口吻不得張，耳目成盲聾。馬牛來往紛憧憧，問之不辨西與東。是時三月初，柳條舒緑桃將紅。胡爲噫此不平氣，春行秋令毋乃違天公。我行邂逅偶相值，墨守未易當輸攻。心如混沌一不鑿，外感欲入何由通。適來日無影，適去塵無踪。盡收衆籟入橐籥，仍以一寂還虚空。

清明前三日重直暢春園觀桃花二首

其一

煖烟晴靄互交加，散作高低遠近霞。行盡人間冰雪路，又來天上看穠華。

其二

已逢蛺蝶未聞鶯，閏歲春遲倍有情。畢竟鳳城花信準，早桃開候近清明。

同年王樓村招飲白丁香花下

我從鄉園來，不看鄉園花。輸君京洛住，久客還成家。一株丁子香，高卑趁檐牙。曾經上番種，旋發春來葩，獨抱冰雪姿，亭亭遠塵沙。良長醉其下，酒美殽核嘉。夕陽轉庭西，人影花交加。我鬢已半白，君鬢亦漸華。自然法眼浄，《維摩經》：「遠離塵埃，得法眼浄。」不被紅紫遮。爲歡出邂逅，所戒非窮賒。《後漢·仲長統傳論》：「楚楚衣服，戒在窮賒。」

閏三月朔與德尹同直内廷次東坡五月一日轉對韵

冠壓華顛帶繞腰，重來心跡負耕樵。僦居未穩連宵夢，接武還同隻日朝。上苑花開如見笑，故人酒熟例相要。殘年果踐歸休約，《擊壤》猶能頌帝堯。

苑東移居與同年汪紫滄同寓紫滄有詩和答三首

其一

近傍名園遠去郊，無多屋宇半編茅。春蠶慣作同功繭，癸未以後，偕紫滄下榻自怡園。社燕來尋舊識巢。景與征衫隨日换，官隨手板幾時抛。卜鄰絶勝清漳宅，蛩駏相依剩素交。

其二

茫茫人海此居停，萬斛風埃兩葉萍。草色堦除晴不掃，槐陰門扇晝長扃。同槽厩馬無蹏齧，典謁家僮互使令。怪底羣情皆帖妥，多緣君與我忘形。

其三

西苑鶯花幾閲春，憶初伴直只三人。暢春園向未有直廬，癸未正月三日，余與聲山、紫滄始奉召入直，後遂爲例。何堪夢覺傷存殁，或恐詩成泣鬼神。時家聲山甫下世，所居即其舊寓也。炳燭餘光銷晚境，青雲岐路失前因。搏沙放手終同散，東坡詩：「親友如搏沙，放手旋復散。」敢向蘧廬認主賓。

同年佟淵若學士遊西山歸出示見寄二絶句次韵奉答〔一〕

〔一〕按，《原稿》「答」後有「二首」二字。

其一

浮嵐暖翠望難分，忽枉新篇贈白雲。賴是愛山同有癖，夢爲麋鹿也隨君。

其二

西山何似西湖好，欲問知章借馬騎。今日烟波重到眼，去年曾和卷中詩。去年春杪與淵若西湖唱和。

題顧桓吴江送别圖爲紀可亭學博賦

舟移碧草緑波岸，人别曉風殘月時。此景此圖誰會得，江郎賦筆柳郎詞。

閏月十四日西苑送春二首

其一

九十春光百五賒，緑陰陰處雨斜斜。多情裂帛湖頭水，長替東風掃落花。

其二

老去春遲願竟酬，多添半月踏青遊。人間何處無歸路，也被宫鶯喚少留。

閏三月二十一日蒙恩召入淵鑒齋乘舟至瑞景軒蕊珠院露華樓徧觀各種牡丹恭紀四首

其一

宣唤欣承異數加，高從銀漢泛紅槎。行陪閬苑神仙侣，看徧春風穩重花。穠淡何心隨造化，丹青難貌是韶華。先一日，傳示《牡丹圖譜》。栒檀别殿分明到，只作華胥好夢誇。

其二

艷極真宜過雨看，枝頭肅肅尚朝寒。盤盂向背開瓊扇，瓔珞高低現寶鬘。白日光中雲五色，明波濯處錦千端。天工頃刻呈新瑞，點出靈砂九轉丹。

其　三

萬卉千葩未覺稠，掃宫老監記牙籌。薌林不斷通三島，花海無邊際十洲。佳氣茵蒀蒸作霧，餘霞縹緲結成樓。蕊珠一本尤奇絶，徑尺重臺兩並頭。

其　四

瑶階釦砌望迴環，映徹層層着色山。御譜新標題品外，花名凡九十餘種，皆皇上新定。佳名微别淺深間。心如草木春知閏，天並君王霽在顔。一片爐烟成百和，袖中攜得國香還。

寓庭槐

庭隅雙槐樹，手植知何人。自我來此居，婆娑忽經春。初看兔目綻，漸布緑葉匀。高處稍出墻，密將遮比鄰。以兹尋丈地，無窮寓清新。千章豈不多，取蔭及一身。閲人如傳舍，脈脈還傷神。

四月二日恩賜櫻桃恭紀十韵

燦燦華林種，離離朱實香。熟常先夏果，貢不待炎方。磊砢初垂樹，匀圓正滿筐。珊瑚駢火齊，沆瀣和瓊漿。露帶枝頭潤，盤登葉底涼。鳥鴿珠愛赤，蜂釀蜜羞黃。櫻桃一名櫻珠，一名崖蜜。昨憶西湖獻，去歲初夏，上駐蹕西湖，居民日進此果。今來上苑嘗。賜珍蒙見及，飽食感非常。配笋厨空勅，探花宴屢張。唐時宰相有櫻笋厨，進士有櫻桃宴。分甘誰得似，長侍聖人旁。

題孫書年松下清齋圖 孫善山水，近亦供奉畫苑。

自從月給官倉粟，辜負園中鴨脚葵。思作散仙猶未得，更思成佛問何時。

西苑賜觀秧田恭紀十二韻

帝籍非千畝，農祥視一畦。初聞朱果熟，旋見緑針齊。料節栽花地，開釃灌稻溪。自天知稼穡，率土動欆犂。檻外雲生岫，簾前雨作泥。膏腴隨廣狹，脈絡就高低。剡剡浮金瀫，葱葱夾玉隄。好風垂柳下，斜日畫橋西。多稌占豐稔，維魚兆罼圭。甸師行不到，勾盾典曾稽。入侣金鸂鶒，歸尋木駃騠。自慚輸布穀，猶解勸耕啼。

四月二十七日召入無逸齋看新竹恭紀十二韻

地闢琅玕隝，天通箭栝門。烟霄連別苑，雷雨過前軒。簌簌風開籜，洄洄水注根。移栽初尚淺，培護久能繁。惜筍寧充饌，抽梢盡出藩。幾年成翠幙，一徑轉蒼垠。潤滴莓苔砌，高扶薜荔垣。涼陰清有氣，新粉净無痕。直節人皆見，虚心道亦存。律堪調鳳吹，名豈愧龍孫。好報平安信，休辜長養恩。親從天上看，不羡白沙村。

題王麟昭桐陰撫琴畫扇

暑殘涼早雨餘天，人坐桐窗晝寂然。百尺清陰三尺水，秋聲先上七條絃。

午日西苑直廬賦雨中榴花

小院盆榴樹，花時帶雨鮮。施朱何太赤，似火獨能然。白髮違佳節，丹心感盛年。蒲葵方滿眼，此本定誰憐。

敬業堂詩集卷三十六

道院集起戊子五月，終十二月。

余自甲申以後，僦居城南道院者三年。今春寓直西郊，五月駕幸山莊避暑，余仍回舊寓。時同年賀集洲、沈岱瞻及家弟東亭俱需次入都，樂數晨夕，遂定居焉。安知後人不指此爲浙西道院乎？

重寓城南道院

壞壁留題在，重來直似歸。野鷗終自遠，舊來積水潭鷗鷺成羣，今水涸，無復至者。巢燕復相依。獨樹風吹急，叢葵雨打稀。避炎宜塏爽，作計未全非。

疊前韻與同年賀集洲沈岱瞻家東亭時三子皆同寓

曲尺移牀卧，分曹賭墅歸。浮踪雖泛泛，鄉語自依依。到眼青山近，梳頭白髮稀。杜門深自念，五十九年非。東坡云：「定居之後，杜門燒香，深念五十九年之非。」余今年恰五十九，故云。

小憩一莖菴與静章上人

槐影落空庭，晝長鳥聲樂。我來叩門入，濃緑净如濯。禪牀聊閉目，非夢亦非覺。微凉何處生，風動袈裟角。

寄祝竹垞先生八十壽二首

其一

當代龍門望不輕，得官何必盡公卿。風清李泌神仙骨，帝錫張華博物名。「研經博物」，御書賜先生匾額也。茗椀登堂無俗客，籃輿扶路有門生。蟫魚不蝕長生字，老閲巾箱眼倍明。

其二

自返初衣不記春，十年鳩杖又隨身。百分盞滿休辭醉，萬卷書多轉益貧。荻火烹鮮鱸氣味，松風吹長鶴精神。翛然出處行藏外，要是江東第一人。

趙价人乞東籬詩戲贈

君不識陶公，而乃號東籬。君又未識我，來乞東籬詩。我雖未識君，尚幸生同時。陶生千載上，知我與君誰。譬如夢中人，此夢非彼知。形開神或合，閉目若見之。孰謂淵明心，與君不相期。我詩豈妄作，成此一段奇。

題同年詹允繩小照二首

其一

射策成名已有餘，百城高擁意何如？石田佳句堪移贈，更讀人間未見書。

其二

萬卷傳家手澤新，五經腹笥自紛綸。也應留取餘光在，分乞去聲然糠鑿壁人。

秀野草堂圖歌次顧十一俠君原韻王麓臺仿董文敏《盧鴻草堂》筆意，朱竹垞有記

某樹某水與某丘，曠懷往往消百憂。無端弓旌被纆鎖，坐對塵壒生牢愁。盧鴻草堂圖，閱世已千載。十志並流傳，其人儼如在。問誰好事供瀟洒，毋乃真迹留王宰。華亭最晚出，橅本發精采。今之妙手繼者誰？摩詰前身應畫師。丹青一變粉墨骨，寫向尺幅尤雄奇。云是吴中小秀野，何斯佳境移於斯。堂中主人顧十一，結客論文兩豪逸。百家汎濫流溯源，萬口喧傳名副實。我是當年入座人，淋漓衫袖梨花春。愛其披豁氣誼真，丰格仿佛餘先民。宴衎之樂非絲竹，水色烟光八窗緑。半酣颯沓風雨來，歕玉跳珠三百斛。辛巳初夏，大雨中過秀野草堂，坐客皆盡醉。鐵崖老矣阿瑛貧，空巷閒抛薜蘿屋。可憐相見鳳城西，僦舍還同燕子棲。猶能折柬致朋舊，局促肯放詩名低。我詩胡足道，依樣葫蘆畫中藁。惟君癖嗜之，擘紙含毫共研討。留題慣惱麓臺翁，作記深慚竹垞老。吁嗟乎！神仙富貴孰有無，默存豈必皆清都。夢中《五岳》巾箱圖，君歸來兮挾我俱，以神爲馬蘧爲廬。一息十反良可娱，賃舂齷齪難久居，乃獨憐君屋上烏。

椿樹草堂月下分韵得侵字銷夏第一集。

草堂無樹月無陰，但覺風生露氣侵。跌宕久嗟良會少，疎狂終託故交深。閒消長夏宜甘酒，老傍清光耐苦吟。從此京華比河朔，壚邊知費幾招尋。

初伏日集張天門前輩寓齋暑甚晚雨微凉

流金已是報初庚，誰耐銅街襬襶行。伏日人歸東閣早，條冰銜署一堂清。風能却扇炎何有，雨解催詩晚竟成。買得荷花兼買葉，碧筩留待夜深傾。

曉仙謡效温飛卿體

赬霞照夕騰香氛，丹樓絳闕五采文。蟾蜍流銀兔噴玉，澹作淺碧魚鱗雲。西池宴罷瑠璃凈，杯面團團墮圓鏡。露警花宫酒乍醒，紫文早奏馳名姓。天鷄振翰來剛風，俛聽萬户膠膠同。九州大夢呼未覺，海底忽躍踆烏紅。龕鬖絳節淩虚去，隱隱笙璈動初曙。一鶴高飛何處尋，羣仙只在朝真路。

天門席上分賦宣窑盤中果物余得文官果限官字

甲拆終難透，勾尖幸自完。直同蘆笋淡，不比柘漿寒。細剖分甘瓔，同登秘色盤。文名差底用，一笑顧園官。

長林豐草吾廬圖爲林鹿原賦銷夏第二集。

鹿原名字天下聞，鹿原非鹿乃龍文。雄姿壯不受羈靮，蹴踏往往空其羣。世家嗜好通八分，楷法偶橅王右軍。一目之羅魏舒射，此事胡足以盡君。然而受知徑以此，遂釋塵褐干青雲。日星煌煌懸御製，目眩旁觀敢偷睨。居然給札給隃麋〔一〕，染翰朝朝得瞻睇。天生本性終難奪，疏越幺絃發孤詣。爲言吾自愛吾廬，豐草長林海南澨。問君結廬曾否成，向人指圖先署名。譬如驥騄負轅軛，心縱欲往歸無程。老夫曩客三山麓，正值山頭荔支熟。汝兄謂同人。導我入西禪，冰瀉銀盆香剖玉。而今道遠歎莫致，畫餅寧堪飽饞腹。不如棄置兩忘情，且免騎驢度三伏。珊瑚作鞭金絡頭，幾時穩放華陽牛。林深可投草可卧，此畫便是逍遥遊。

〔一〕「糜」，原作「縻」，誤。「隃糜」，古縣名。《廣韻·虞韻》：「隃，隃糜，古縣，在扶風。」其地產墨，因以「喻糜」、「糜丸」爲墨之代稱。

李簣齋招集聖安寺納涼得火字銷夏第三集。

百蟲之長人爲羸，熱屬欲逃無計可。況當九陌鬱蒸天，萬甑烟騰塵堀堁。連晨喜赴遠坊招，似翼辭筊鏃隨笴。聖安寺古洵幽寂，湖柳村荒尤僻左。主人未到但居僧，衆客後來先揖我。是早余最先到。初除鼠跡布禪榻，旋掃蛛窠開殿鎖。槐榆蒼翠滴苔磚，鬼佛青紅填粉垛。黄金鑄橘南曦歛，空穴來聲土囊哆。須臾雜沓履綦集，餖飣駢羅肴核夥。臨淄揮汗河朔豪，物外無炎安用躲。平生曾授《楞嚴》偈，欲賦蘭臺愁炙輠。一官涉世馬加銜，千緒縈身蠶自裹。動摇煖觸互起滅，煩惱清涼遞吹簸。稍知冰釋還成水，不道風生却從火。悟來性火本真空，透過風輪乃初果。以上六句，皆本《首楞嚴經》語。何人可語清凈退，宋劉凝之有「清凈退菴」，朱子爲作《記》。此地差堪盤礴裸。偶因趁伴作良遊，依舊觀心同宴坐。自然熱毒無罅入，更怕虛空有堆垛。好音到耳微雨來，清景回頭夕陽墮。明朝俛仰便陳迹，閒處知經幾喧吙。野人好涼兼好静，夙畏浮名今亦頗。打鐘掃地結願存，《樊南甲藁序》云：「惟願打鐘掃地，爲清涼山行者。」莫遣新詩浪傳播。

陳月瀧太常蘭竹草蟲畫二首

其一

離披九畹雨垂葉，夭矯半庭風戛竿。知是誰家舊籬落，却煩禿筆寫荒寒。

其二

蛺蝶蜻蜓盡作團，幽人措意非無端。春蘭作花危石底，瘦棘高於秋竹竿。

白沙翠竹石江圖爲吉水宗伯李公賦即用題中六字爲韵。

其一

展卷復長吟，雙清到心跡。秋風何處來，滿眼江湖白。

其二

我公似康樂，在家久忘家。盤陀一片石，坐閲恒河沙。

其三

巖廊四十年，夙昔青霞志。興到一回頭，鄉山渺空翠。

其四

一寸二寸魚，三竿五竿竹。何必記平泉，寓庭幽事足。

其五

靄靄林表雲，鑿鑿波底石。獨抱萬里心，卷舒不盈尺。

其六

過客尚留句，愛兹山水邦。天生好圖畫，應屬李文江。

分咏京師古蹟得貫休畫應夢羅漢像銷夏第四集。

五千五百阿羅漢，出世生天登彼岸。其中尊者十八賢，龍象騰空來震旦。白描晚入龍眠畫，魔嬈紛拏雜真贋。豈知遠出百年前，巨幅流傳磨不爛。翔麟供奉貫休入蜀，賜紫，爲翔麟殿内供奉。浮屠人，詩才繪事兩絶倫。自言夢與應真遇，覺來肖貌兼傳神。心追手橅一揮就，少緩則逝將失真。豐頤槁項多變相，喜者含笑怒者瞋。蓮藏已登《禪月集》，貫休詩二十卷，名《禪月集》，刻入《大藏》。此圖淪落偏風塵。老僧古寺深埋照，異物將歸有先兆。當時畫本夢中成，此夕蘧然神復告。明朝有力負而趨，卷軸儼隨飛錫到。或疑十八缺其二，恐與李圖均被盜。相傳明因寺中，舊有李伯時畫《渡海尊者圖》，不知何年爲人賺去，存者贗本，而僧不知也。巧偷豪奪孰有無，古往今來夢一覺去聲。嗟嗟神物難久貯，莫逐青蚨便飛去。君不見虎溪橋畔廬山路，羅漢曾爲押綱具。用曹翰下江州事。

雨中蔣青棠孝廉邀集城南張園用南字

竹梧花藥勢相參，門徑依稀到尚諳。重與尋幽同野外，早曾聯句向城南。亭臺易主名猶昔，風雨留人晚更酣。二十五年真一夢，白頭搖落感江潭。甲子秋與姜西溟、魏水村、惠研溪輩十七人飲酒賦詩於此，爾來園亭凡三易主矣。

夏日詠物分得青奴

織作交加翠，留筠發冷光。卷舒隨笛簟，瑩滑稱藤床。比扇三秋棄，如童五尺長。玲瓏須會取，即事有炎凉。

次韵答周漁璜前輩見寄

結習多生未易捐，得公投句喜瞿然。遠山擁髻潭如鏡，秋水平階屋似船。已外形骸猶有夢，不離文字豈能禪。來詩云：「詩人垂老例參禪。」秖應借佛論詩境，何法真超色界天。時以拙稿就正于先生。

以蜜漬鮮荔枝二枚分餉漁璜前輩蒙示絶句二章次韵戲答

其一

從知物以少爲貴，兩首詩酬兩荔枝。焉得嶺南三百顆，博君一顆一篇詩。

其二

重馬馳來幾騎塵，開奩分餉孰如新。老饕舌在終能辨，風味依稀似故人。

立秋日陳南麓都諫招集挂雲書屋

老樹蒼藤捲幔秋，旁添籬落綴牽牛。鄰沽滿眼分清濁，諫紙開箱給唱酬。小榻迎凉仍北嚮，斜陽如火又西流。誰能不領園林趣，每到君家愛少留。

匡山讀書圖歌爲南麓都諫賦九言古體。

我昔嘗吟太白《廬山謠》，亦嘗身到九疊屏風坳。谷簾瀑布倒挂幾萬丈，五老峰勢競出争嵺⿰山孝。一筇兩屐十步八九顧，東西南北上下同猿⿰犭農。太白書堂不知在何許，樵翁指點此地雲松巢。披榛取徑晚入青蓮谷，道旁石刻大字深而皺。三尊銅佛塵昏儼泥塑，半截苔碣對坼如坤爻。多年老鼠化作白蝙蝠，飛攫鶴卵占斷長林梢。爾時曾作世出世間想，曷不於此翦棘編蓬茅？故人相招頭白早歸去，誤落塵網乃被移文嘲。黄門先生今之嗜古者，展卷彷彿以漆來投膠。風埃骯髒衮衮胡足道，直引謫仙居士爲神交。當時手持玉尺往校士，剖析白黑銖纍疇能淆。眼中了了忽現雲霧窟，匡廬面目踴躍隨鞭鞘。還朝改官載離七寒暑，百四十寺鐘鼓猶鏗敲。命工寫圖聊寓瀟洒意，遭逢聖主牙笏那得抛。《羽皇新銘》都付夢遊境，興雖勇往跡繫烟中匏。棲賢拾遺讀書舊曾隱，公擇山房萬卷亦手抄。兹山圖記流傳代不乏，但恐再往之計成浮泡。清泉白石有約倘勿負，君其少緩容我爲鳴髇。陳曾典江西鄉試，故有「玉尺校士」之句〔一〕。

〔一〕按，《原稿》闕此條注。

分咏詩人居址得東坡 迎凉第五集。

東坡本屬宜賓郡，桃李陰從郡圃收。前輩風流傳白老，後來名勝擅黄州。白樂天爲忠州刺史，於郡圃東坡手種桃李，往往見於詩句；蘇公自謂出處老少粗似樂天，東坡之號，實本於白，非偶合也。平生得力在憂患，此地何心繫去留。大似高鴻向寥廓，雪泥指爪記曾否？

牛鳴雙村棹歌爲郭于宫賦四首

其一

水淺沙平閣短篷，西陂東埭往來通。緑簑影裏跨牛渡，閒殺兩樵南北風。

其二

烟光霧氣不曾乾，人與眠鷗共一灘。湖似貫珠船似蚌，酒如碧玉蟹如盤。

其三

見説江南水拍天，而今江北占豐年。自來葑塞湖邊住，黄犢生兒愛種田。

其四

小壋新開未起租，四圍一色萬梢蘆。紅薑紫芋村村熟，不怕人間有寇凫。

七月十四夜寓樓對月

此地殊空闊，高樓更上層。天孤一輪月，星散萬家燈。稍覺浮塵斂，俄看濁水澂。夜凉人不寐，好景惜憑陵。

題恬菴上人匡廬訪道圖二首

其一

惠遠與少文，前生定同社。可惜愛山人，今非住山者。

其二

五老雲松頂，初登不道難。近來無脚力，只愛畫中看。壬申秋，余遊廬山，曾上五老峰觀海綿，故云。

七月十五夜陳六謙過寓庭月下小飲時六謙將出守南安。

十頃空潭半貯泥，秋蓮晴湧緑頗黎。是夕積水潭放河燈。城空鼓角聲初動，月出樓臺勢盡低。佳夕一歡成邂逅，故交垂老惜分攜。燕堂酒熟梅花發，莫忘清遊補舊題。六謙黔中往返詩無見及者，故戲督之。

題史耕岩前輩溧陽溪山圖即次原韻四首

其　一

良常東下路斜斜，小堨平橋接兩涯。夢聽雷平池畔雨，覺來滿崦是桃花。桃花崦，見顧況詩，句曲勝地也。

其　二

栽桑種稻互回連，柳色騎牛浦浦烟。碧水繞田田繞郭，村翁不識縣門前。

其　三

官情澹與昔賢同，聊寫歸心寄雨濛。此段風期難擬似，王家輞口謝東中。

其　四

洮湖如鏡照人明，雲霧翻從展卷生。欲借公詩論米畫，筆端風雨勢縱橫。米元章舊有《溧陽溪山圖》，故云爾。

題邵甘來匯水村居圖

修篁出屋柳沿堤，牛放前灘鴨後溪。吹得讀書聲過耳，釣絲風色板橋西。

初遊城南陶然亭

望遠村東緩轡遊〔一〕，余寓居道院在望遠村東，去亭纔二里。忽從飲馬得清流。黄塵烏帽抽身晚，白露蒼葭洗眼秋。風偃萬梢鋪井底，日斜雙鷺起城頭。誰憐一派蕭蕭意，我是江湖未泊舟。

〔一〕「東」，《原稿》作「南」。

種藤歌爲周桐埜前輩賦迎凉第六集。

吾聞管子云，十年計樹木。稍欲望成陰，寧須校遲速。君言美蔭貴目前，疇能鬱鬱待十年。兩株柔木手交植，意取引架遮炎天。插竹扶持工乍畢，跉竮未騁龍蛇質。緑痕羃作薜荔墻，不與先生障西日。盆池斛水置廣庭，細鱗戢戢多于萍。碧天倒影落萬丈，夜久却涵三五星。此間露坐差不惡，翻怕團團葉垂幕。放梢何日過鄰家，留待春風看瓔珞。家德尹、潤木兩弟先後僦居，皆與先生比鄰。

德尹請假出都志别八首

其　一

去年夏旱今年水，八口窮鄉那免饑。我坐欲歸歸未得，得歸何忍阻君歸。

其　二

植檜移松已兩年，家書頻寄問西阡。洛陽二頃談何易，稍喜躬耕有墓田。

其　三

纔報歸期想候門，夢中燈火荻花村。天教此老桑榆暖，六十攜兒似抱孫。

其　四

舊巢架構鳩雖拙，老樹婆娑蠹已除。樊圃早垂黄橘柚，開池先養白芙渠。

其　五

涉脚迷途幸未遥，六年官簿笑同寮。輸他勇退能過我，多賦山居少在朝。弟自癸未秋假歸，丁亥冬還朝，今又以病告。

其　六

乞官無復步兵厨，米價新來貴比珠。慚愧臨行留薄俸，折支能博酒囊無？宋時，檢校官折支，例得退酒袋，東坡詩有「猶費官家壓酒囊」之句，時俸米方議改折，故及之。

其　七

消夏迎凉紀歲華，自五月以來，同人爲消夏迎凉之會，會必分題。離筵忽漫對黄花。一尊勸汝重陽酒，若箇登高不憶家？

其　八

一菴猶欠結茅資，竹本花栽要及時。煩寄兒曹無別語，爲余勤補舊柴籬。

孫觀河無隱室乞題詩

丈室初從月地分，木樨開後又逢君。香風自滿三千界，鼻孔撩天幾箇聞。

座主相國澤州公有別墅在西苑旁政事之暇間一憩焉因取唐人郎士元詩意名曰半日村高咏成篇命余繼和恭賦一章時長至前二日

頻傳騶唱出閒坊，沙路西連紫界牆。一室凝香回暖律，萬峰銜雪冷斜陽。圖開別墅原同謝，詩取佳名亦愛唐。會得先生蕭洒意，寸陰還較小年長。

紫滄同年出示百聲詩凡天壤間有聲之物無不入其牢籠和之不勝和也冬至日獨直西苑心有所會偶拈四題兼寄靈隱諦輝高旻湘雨兩禪師亦屬並和

鐘聲

梵天一晌沉寥開，誰激華鯨怒吼雷。日落空林無客到，烟藏遠刹有風來。三生同聽人何在，半夜孤眠夢忽回。一百八聲敲不斷，苦教積劫墮輪迴。

磬聲

範金琢玉記同編，古製難從磬氏傳。小雨泠泠晨洒竹，孤燈裊裊夜浮烟。軍持老衲腰同折，香積空厨室並懸。最憶山堂秋講罷，一聲清徹似巴蟬。白樂天詩「巴蟬聲似磬」。

木魚聲

緣木求魚又一奇，巧將法器付雕師。空虚自與敲鏗應，緩急都於梵唄宜。響入松濤疑掉尾，枯逃世網賴犍椎。憑誰悟徹前塵事，身是他山啄木枝。

塔鈴聲

三灾驀過晝沈沈，窣堵波高蘭若深。已向池中懸倒影，又從天半落清音。石如解聽無生話，風豈能摇久定心。若問此聲何起滅，本來無縫杳難尋。

冬夜集潛齋分韵〔一〕

我愛陳學士，古歡金石諧。在躍不忘潛，而以顔其齋。寓直少閒暇，暫歸召朋儕。設鱠當嚴冬，迨兹風日佳。素心五六輩，步屧相與偕。君家門庭高，俗子無由階。相公聞且喜，初筵示模楷。獸炭紅麒麟，地爐宿餤埋。分題命觴咏，是日，相國命題，衆各拈韵。合座忘形骸。盆梅初著花，行列如人排。疎影落杯底，清香入奇懷。五言率未成，壹醉衆已皆。頭盤雜拇陣，録事主所差。錢絅菴。劉若千。興頗豪，顧俠君。繆湘芷。量靡涯。陳子世南。氣稍怯，罰籌密於𥹂。卧甕玉頽山，浮蛆碧傾淮。余惟兀然坐，幸免出而哇。客散二屨留，是夕，余與絅菴留宿齋中。連床聽膠喈。明朝寒栗烈，雪花點銅街。詩成從馬上，醉眼還重揩。

〔一〕按，《原稿》「韻」後有「得齋字」三字。

冬夜讀亡友錢木菴詩中有咏塵咏影二首嘆其學道有得追和原韵

其一

果否蓬萊海底生，本來無質自然輕。狂能眯目虚空暗，細解窺窗穴隙明。羊角團團多借勢，馬頭滚滚似趨名。泥融雨浥終難盡，那得乾坤一掃清。右咏塵。

其二

寓形宇内豈惟人，幻出無端現在因。我覺官骸多是假，汝依水月詎爲真。隨身只怪趨難避，面壁誰知坐轉親。吹却油燈何處覔，佛光中現舜多神。右咏影。

十二月初五夜夢一僧叩門乞詩夢中了了作四言八句覺而録之

有目斯翳，有耳則鳴。人方擾擾，竅聰穴明。空即是色，寂于何聲。混沌不鑿，以全其生。

謝院長餉白魚牛尾貍

樵山擘水致珍羞，陋巷敲門荷見投。細剁銀絲防骨鯁，爛蒸玉面惜膏油。酒嘗雙榼鮮同擊，周紫芝詩：「買魚配酒爲君嘗。」蘇詩：「酒淺欣嘗牛尾貍。」糟壓三冬膩欲流。東坡詩：「長羨淮魚壓楚糟。」子由《玉面貍》詩：「壓入糟盎膩欲流。」自分生平藜莧腹，得兼二者更何求。

院長疊前韻見貽追憶十六年前唐東江與余晨夕唱酬事再疊韻奉答〔一〕

憶昨狂吟不自羞，瓊瑶屢報木瓜投。名園擘紙移朱舫，綺陌迴鞭避碧油。花下清尊殊跌宕，雪中白戰也風流。唐衢去後交遊冷，忍聽嚶鳴出谷求。

〔一〕按，《原稿》「答」後有「並懷東江」四字。

次日復惠黄柑冰鮮兼來索詩再賦二首

其一

登柈磊落皆三寸，照眼輝煌得八枚。羅帕分甘先令節，碧香留賦待新醅。漸回冰齒瓊漿暖，試奏霜刀緑霧開。便與魏橙同給客，拜嘉真自永嘉來。《橘譜》：「出永嘉者爲真柑。」

其二

風味依稀似鱠殘，侯鯖一月貴長安。豐肌弱骨和羹美，雪片冰花入座寒。欲報已無青玉案，盛來兼乏水晶盤。連朝小試烹鮮手，只累先生減食單。

鑿冰詞

朔風兮夜號，百川兮晨涷。射白日兮冷光，柔變剛兮石無縫。千夫杵兮聲沖沖，砉然解兮塊斯融。天倒窺兮尋丈，下歸無極兮馮夷之宫。吁嗟乎！冰堅可藏兮從爾鑿，亦既臨深兮其毋履薄。

次韻答李秦川

衰年注蟲魚，如蠹蝕書史。迂疎衆所易，末契得之子。扣門晨有投，藻句霞散綺。師承得前輩，出語究終始。子生本名家，抗志矯波靡。昨來應秋賦，名溢人口耳。展足抱未攄，挽頹力堪仔。詩才尤秀拔，氣壓侯叔訖。當今大雅宗，四海歸繡水。一老謂竹垞先生。導其源，揚瀾賴多士。新倪擢苕潁，舊調削軟美。味道庶在兹，詞章寧小技？君看鳴陰鶴，豈有寡和理。餘風被東南，矧迺桑與梓。老人慎許可，僂指故無幾。往往爲余言，後來惟一李。余雖分拙劣，夙好附羣紀。來篇等括張，機觸難自止。殘冬互酬答，塵芥何足洗。

題劉若千前輩夜雨對床圖小照

我恨不如遵渚雁，行列羣羣飛不斷。又恨不如同隊魚，朝朝在藻還依蒲。可憐兄弟如相避，萍梗沈浮劇兒戲。壯年作客晚筮仕，投老茫無歸宿地。偶然風雨一連床，僮僕旁觀詫奇事。平生怕讀潁濱詩，中有傷心幾行淚。關中二劉今二蘇，才名宦跡兩不孤。有生聚散誰免得，看取《對床聽雨圖》。長公秀骨仙之臞，次公白皙豐而腴。題詩尚爾感顛頷，令我展卷增嗟吁。關河南距四千里，正坐一官爲累耳。不見伯淮季江屢詔徵不起，肯以元纁易布被？

送勞介巖副憲歸里十二月十五日。

老伏青蒲振直聲，冰霜凛冽歲崢嶸。風波孰與批鱗險，華衮何如拜杖榮〔一〕。九死人皆危此舉，一歸天特厚餘生。猶憐不及商山老，鴻鵠飛時羽翼成。

〔一〕「何如」，《原稿》作「無如」。

敬業堂詩集卷三十七

槐簃集上起己丑正月，盡十二月。

去宣武門西半里許，有陋室十餘間，扃鎖頹廢有年矣。己丑二月自西苑下直歸，從馬上望見老槐二樹，亭亭出屋，顧而樂之，遂僦居焉。《爾雅》「連謂之簃」，疏：「樓閣邊相連小屋名也。」因借樹以名吾集。

春冰次院長韻

怪底堅成脆，行逢凍釋時。寒無蟲可語，暖被鴨先知。裂縫防頹岸，留痕驗故池。何當供夕飲，春氣漸如炊。

人日出郊

老夫新年年六十，酬應昏昏忘盥櫛。朝來準擬出郊行，走馬看山作人日。西風撲面飛黄埃，忽憶故園新種梅。詩成寄問草堂弟，臘尾春頭開未開？去年正月，於西阡種梅數十本。

院長餉新年食物兼示四絶句次答

次韻鮠魚

《類篇》止有鮠魚字，梵語蘇詩恐誤人。《説文》、《玉篇》俱無鮰字，司馬公《類篇》有鮠魚。《釋氏稽古略》謂「竇公吐鮠成活魚」，今江中洄魚是也。東坡詩中作鮰。洄與鮰當是鮠字之訛。《本草》失于考證，故及之。我是江湖釣竿手，爲公箋釋到纖鱗。

次韻蠣黄

半殻含胎剖蠣房，鮮宜糟壓嫩宜湯。黄封拜賜連朝醉，特試先生醒酒方。蠣黄瀹湯，可以解酲。

次韻對蝦

吾鄉海錯雜魚蝦，細瑣登盤品亦嘉。忽見銀鈎如椀大，閩人好對浙人誇。

次韻黄雀

嘉禾舊《志》説陶莊，黄雀肥時早稻香。徐碩《至元嘉禾志》：「黄雀出陶莊，秋後最肥。」自别家來無嗜好，滿缾鄉味荷分嘗。

春風次院長韻

又隨步屧散今朝，紫陌微微去轉遥。頗訝渡河冰易泮，不知吹鬢雪難消。南枝暗放參差蕊，東面偷迎宛轉條。二十四番誰管領，等閒聽過賣餳簫。

次韻春雪

春寒不與臘寒同，微霰來沾弄袖風。翠浪舞當三白後，香泥巧借六花融。飄殘柳外濛濛絮〔一〕，送盡江南片片鴻。莫倚侵陵萱草色，繞階須護蕙蘭叢。

〔一〕「絮」，《原稿》作「雨」。

長孫興祖就婚雲夢寄詩示之十韻

聞説求婚媾，爲期在此春。抱孫吾計日，配婦汝成人。雪棹吴江岸，風帆楚水濱。間關憐道遠，出贅笑家貧。締好因同譜，親家沈翰逸，爲癸酉鄉同年。居鄉本比鄰。禮從荆布舊，義取帨褵新。莫倚嬌爲壻，須存敬似賓。葭莩方有託，骨肉自相親。去迨冰開候，歸當燕乳辰。阿翁南望切，書報勿辭頻。

院長餉柿霜餅兼示長律十二韵次謝

駢實交柯重，金烏下啄同。小園秋晚挂，古寺日高烘。爛爛燒空赤，蒸蒸耀眼紅。蔕留紅袖織，用白香山詩中事。葉受墨光融。用鄭虔事。耿餅佳名著，梁椑上品充。滑疑流石蜜，寒欲殺尸蟲。玉井千珠落，丹田一氣通。齒疎宜軟美，喉潤覺清空。止嗽方殊驗，時余方苦痰嗽。迴腸味不窮。殷勤開尺幅，檢點閉輕籠。食罷仍觸渴，詩來况愈風。多煩霜雪意，寵貺白頭翁。來詩結句云：「還堪持獻壽，好配紫芝翁。」

院長以乳酥餅見餉仍有詩索和謂余深於禪理戲作偈語

次韵奉酬

昔聞佛者言，醍醐蓋有自。初從牛乳出，香美非思議。於中得酥酪，先後當以次。我意殊不然，强生分別事。先生味禪悦，故以機相試。聚爲一團酥，是一要非二。散爲百千餅，又豈百千味。當其爲乳時，涓滴白牛致。云何清浄腸，猥用忍草飼。我無廣長舌，報以真實義。請看牧牛者，苦苦掣其鼻。不若聽所之，放牛着露地。人牛兩自在，彼味非此嗜。莫管乳酪酥，醍醐孰同異。

以紫檀鏤管筆一雙饋院長兼呈拙句

客從吴興來，遺我雙不律。森然秋兔穎，毫末羞自匿。削管用紫檀，可手製新出。免冠頭不禿，肯入中書室。我老腕力微，何心計贏絀。學書疑有鬼，覓句懶無匹。留之注蟲鰕，如膠柱鼓瑟。故用移贈公，庶幾副其實。吴俞世不作，吴政、俞俊，皆北宋時筆工也。諸葛法久失。錢沈亦名流，後來費評騭。雖非金與銀，鏤刻分纂述。猶勝斑與赤，輕脆抱空質。上將點絲綸，次亦標甲乙。含毫特餘興，揮灑膏繼日。新年富新咏，傳示盈卷帙。浩汗或掣鯨，精微乃貫蝨。儲材等武庫，應敵在倉卒。不以老見輕，有作例牽率。余雖勉屬和，十駕争及一。從公乞餘波，仍以詩侑筆。

湯西厓前輩自洛中寄示重修香山寺記石刻拓本

龍門十寺已全荒，金刹誰尋古道場。劫外豐碑開闕塞，天中軼事在文章。雲泉舊境緣曾結，白樂天《香山寺》詩：「且共雲泉結緣境，他生應作此山僧。」山水初心後果償。「幸爲山水主，是償初心復，始願之候也。」語出樂天《重修寺記》中。公是樂天還記否？前題多在暢師房。

斗　室

斗室無風入，香嚴正寂然。一株婆律火，半榻祖師禪。白雪將灰候，青烟未吐前。此時參鼻觀，消息向誰傳？

題吴寶崖雪龕煨芋圖小照

神仙只累十年官，枵腹聊爲一飽歡。何似雪龕風味好，平生不喫懶殘殘。「山人更喫懶殘殘」，東坡逸詩句也。

去年過塔灣湘雨禪師出所纂金剛經順意見示攜之行笈欲爲刊刻流傳有志而未逮近以呈院長蒙叠筆字韻詩盛相稱詡輒次韻奉酬敢請院長爲功德主此篇聊當募緣偈一首也呵呵

五十墮醉夢，不知經論律。一從讀《金剛》，稍開雲霧匿。深沈百尺低，垂綆汲使出。遊子久離鄉，于焉返家室。既歸翻自痛，精進力已絀。欲除人我相，兩敵勁無匹。又爲義疏誤，孰與更張瑟。晚遇馬蹟師，貝多示真實。微詮警後悟，妙解證前失。俗昧知者希，我衰天所騭。誓將廣流布，期不虛纂述。先生一見之，析義豈待質。執疑兩破碎，决若魚去乙。詩來盛稱揚，方便皎慧日。黑蟻二萬言，卷之僅盈帙。護持付龍象，普度及蟻蝨。開雕指顧成，功德亦易卒。檀那視積纍，幸以銖兩率。恒河計沙數，百億生于一。庶將擬《楞嚴》，勝授房融筆。

座主大宗伯許公七十壽辰敬呈長律四章

其一

巖廊重望冠清都，黄髮年尊與道俱。燕許文章唐巨手，程朱理學宋醇儒。龍門拔地孤逾峻，鳩杖隨身健不扶。指似天文人盡識，壽昌方叶泰階符。

其二

司徒崇秩晉春卿，端右迴翔寄不輕。公自起家敦孝友，世因瞻斗重科名。衣冠盛事耆英社，鄉國餘風月旦評。歷政不緣中外異，依然冰貯玉壺清。

其　三

集賢曾寫樂天真，九老中今第幾人。三月韶光連上巳，三月二日公誕辰也。七旬觴咏屬初辰。芝蘭得氣殊庭秀，桃李成陰薄海春。共仰官高能下士，虚懷仍以讀書親。

其　四

朝回晝静愛長閒，笑説生平杯酒間。却向烟霄頻矯首，每從風月一披顔。蓴鱸遠夢馳千里，松鶴高情在兩山。欲御籃輿知有處，谷湖柳色待公還。

余自甲申春寓城南道院丙戌十一月請假暫歸戊子三月抵都重館于此己丑上巳前一日將移居宣武門外臨行題壁

三間古觀稱羈棲，五見空梁補燕泥。欲去每教僮灑掃，再來猶認客留題。壁間有同年王方若題句。飛鴻印雪原無跡，倦馬辭槽又一嘶。怪底老懷殊戀戀，西山多在短牆西。

西苑新直廬在澮寧居後。

雪林風沼候參差，休假俄經百日期。去年十一月奉旨暫停入直，至今年二月恰百日矣。魚鑰曉嚴新契勘，鄭谷詩「門嚴新契勘」。鳳巢春换舊棲枝。路迴稍覺穿花遠，窗静從看過影遲。笑逐班行重入直，龍鍾已是杖鄉時。

移寓示潤木二十韻

久客身何着，今來願始諧。買鄰無百笏，僦舍爲雙槐。中庭有老槐二株。迢遞連城角，沿洄阻水涯。閒坊聲較静，濕地勢微洼。東野攜家具，西枝寄病骸。未能行躡屐，那免出傳牌〔一〕。槖俸先期給，釧童冒雨差。無妻中饋缺，與弟入門偕。白木床分設，烏皮几對揩。布衾寬稱席，石炭賤踰柴。茶竈商量置，書籤整娖排。窗緣絲綱掃，池用瓦盆埋。卷幔通巢燕，登柈待食鮭。厨空浮白琖，壁挂踏青鞵。車騎經過閴，風光漸次佳。但教塵隔巷，翻愛草侵階。擊鉢旋相和，吹箎分不乖。近宜論洽比，遠或召朋儕。汲井昊天寺，買花南市街。經旬許休澣，亦未廢清懷。

〔一〕按，《原稿》有小注：「京師僱輿丁，以籌計日，謂之傳牌。」

三月三日雪後赴西苑馬上作

鳳城西北苑東偏，白髮尋春又一年。殘雪泥融芳草岸，昨夜微雪。薄寒風勒柳花天。非無好景來林外，尚少遊人到水邊。獨把吟鞭欹醉帽，時逢修禊想歸田。

暢春園杏花次李義山舊韻

杏苑即仙源，含情似欲言。問名憐及第，鄭谷《曲江紅杏》詩：「爲是春風及第花。」得氣儼承恩。流水悠溶態，初陽淺澹痕。緑新宜柳映，紅遠覺桃繁。蝶翅輕三月，鶯聲戀一園。盈盈窺紫闥，脉脉待黄昏。小睡披香暖，微酣殢雨温。臙融難作蔕，温飛卿詩：「融蠟作杏蔕。」脂染定連根。何處堪凝望，逢人自悦魂。青旗風綽影，猶記酒邊村。

落花和陳澹齋學士韻

桃是深粧杏淺粧，開時有態落猶香。東風自借孤蓬力，流水何曾出苑牆。

同年蔣西君卜築西郊詩以落之仍次移居二十韻

薄宦居難定，同時興偶諧。我方銘《陋室》，君亦賦《高齋》。趙閲道有《高齋》詩。作計寧非達，爲生洵有涯。背城山漸近，就水地宜洼。昨搆才容膝，今營儼樹骸。舊材留梓澤，新棟拆松牌。斤斧俄收響，僮奴免借差。落成三月速，扶挈一門偕。柬軸疲牛汗，楊椿疥馬揩。烟光通禁籞，野氣入荆柴。但取藩籬便，何須閫戟排。書奇傾橐買，樹好帶花埋。北釀缸浮螘，南烹案致鮭。僧來攜蜀絹，信去覔吴鞵。壽母藤輿健，嬌兒繡褓佳。碧枝風卷幔，紅藥雨翻階。即事歡皆具，生平願豈乖。宵歸辭俗客，晨直約吾儕。故國三千里，黄塵十二街。笄來除蔣徑，無此好情懷。

暢春園芍藥

萬卉争春放，開遲賸此花。雅禁初日照，濃被緑陰遮。隔岸浮香霧，臨池蕩綺霞。年年三月尾，病眼閲繁華。

西君同年餉甘蔗

小束青如削，來從櫻筍鄉。特煩良友餉，何異大官漿。促節過頭杖，清泉漱齒霜。多君甘旨外，有味必分嘗。前一日先惠櫻桃，故云。

下直經澹寧居後見新竹出墻

輕雷夜解斑籠籜，地近宫垣勢便高。應笑松栽成早偃，多年猶未出蓬蒿。

四月二十四日奉旨偕錢亮功汪紫滄兩同年赴武英書局編纂佩文韻府口占示同事諸君二首

其一

六年供奉毫無補，天語蒙褒下禁中。聯步久趨丹陛北，直廬今寓浴堂東。名連進士慚同進，管秃中書笑不中。那免退之譏磊落，依然《爾雅》註魚蟲。

其二

上窺典誥薄《風》《騷》，不數區區篆刻勞。才盡更誰哀老子，課嚴渾似限兒曹。舊巢未掃痕猶在，奉旨編纂事竣，仍回南書房供奉。賜馬相隨骨漸高。差勝漢廷飢曼倩，官厨豐饌日仍叨。

武英殿後老桑

出墻如蓋勢童童，初日移陰小殿東。辜負江鄉蠶老候，烏鵲餘椹滴階紅。

六十生日竹垞先生遠寄名錫唾盂茶缾〔一〕

張銅沈錫皆禾産，一技成名不偶然。今日瓶盂成古器，後生誰識百年前？

〔一〕「名」，《原稿》作「沈」。

槐陰露坐

我愛雙槐好，婆娑滿院遮。蟠根容穴螘，出屋帶棲鴉。未落三秋葉，將舒六月花。近身安片席，餘蔭給鄰家。

鵲雛爲鄰猫所攫

庭南老槐樹，當暑花葉敷。有鵲棲其間，雌雄將六雛。毛羽日夜長，飼哺同慈烏。家書故鄉來，好客與之俱。査査每預報，喜氣充我閭。自謂得所主，永無意外虞。鄰家黑白猫，眈視生覬覦。陰藏爪牙毒，上樹捷飛鼯。六雛一被攫，鵲起逐以趨。似將奪虎口，性命還須臾。又似望人援，繞簷羣噪呼。倉皇不及救，坐視爲嗟歔。我墉被鼠穿，唧唧繁有徒。孔箱盜夜粟，穴紙潛朝幮。汝雖磔百千，飽噉卧氍毹。誰當刻責汝，加以非分誅。鼠黠鵲性良，飛走族亦殊。云胡於此暴，顧獨於彼懦叶平。於彼爲養奸，於此戕無辜。汝腹縱暫滿，汝腸義當刳。吾欲致張湯，詰之定爰書。公然掉尾去，借鄰以逃逋。

自書局回寓作

書局限孔嚴，晨趨事搜討。歸來日云夕，返景在林杪。槐花滿中庭，鋪積亦復好。小童懶無匹，安坐終日飽。故欲習其勤，時時令汛掃。清風颯然至，葉有先秋槁。頗聞蒙莊言，勞生佚以老。信書乃大繆，自計胡不蚤？

喜雨

京師夏苦旱，熏灼如炎方。霢霂偶微霑，暍者盈道旁。滂沱忽大沛，熛怒不得張。簷溜粗于繩，翻瓢挹天漿。栽花得新活，臥柳回舊僵。既雨萬彙蘇，我亦中微涼。風霆一夢破，境過旋已忘。

大雨過玉蝀橋

雨聲衝破影中天，百尺長虹萬頃烟。鷗鷺不争車馬道，自遮荷蓋領雛眠。

新晴赴書局

積雨暑未退，快晴天爲高。肩輿出衝泥，俯仰同桔槔。豈不恤人力，用代鞍馬勞。竊禄多懷慚，何如返蓬蒿。

庭樹聞蟬

委蜕知何處，吾廬忽有蟬。不嫌晴晝永，轉愛緑陰圓。薄比彈冠況，清同舉室懸。柴門虚倚杖，悵望晚凉天。

種　竹

潦退庭宇凉，奇懷赴幽獨。規將尋丈地，遠景收淇澳。佳人來何方，笑齒瑳冰玉。欣然肯相就，陋室空於谷。上承槐高清，下蔭苔嫩緑。未應供客看，或取藥我俗。我俗庶可醫，齋厨久無肉。

瓶中白蓮朝開暮萎

街頭買白蓮，帶露來座隅。養之清浄水，謂是西方姝。朝爲木槿榮，夕與桑葉枯。既開必有謝，元化周斯須。老人閲浮生，過眼同一如。那將熏染習，累此冰雪膚。寄語散花天，我非狡獪徒。從今方丈室，永拔污泥株。

對鏡覽髮

我髮日夜短，餘存諒無多。既白會當秃，不煩行羯磨。人呼在家僧，自署老頭陀。黄精無掃法，奈此秋蓬何？

夜枕喜雨

偶栽窗外竹，初不爲秋聲。忽洒三更雨，瀟瀟亦有情。

新　涼

素角城端鳴，初涼動砧杵。西風一以發，清絶遽如許。大化日循環，吾生幾寒暑。心空有遐託，跡寓無久處。社燕如知歸，飄然辭逆旅。微蛩漫多思，唧唧乃私語。

秋日江亭雅集有懷舊遊寄晚研滄洲西谷簣齋鹿原天農及家德尹得遲字

酒徒半散天南北，嬾到今年不作詩。老去故應朋舊少，重遊兼感歲時移。孤亭窄似維摩室，秋水寬於阿耨池。却被居僧嗤冷落，主人來早客何遲。是日郭雙村治具，諸君午後始集。

一日假

偶得一日假，心安良有餘。簟凉便晏起，髮短罷晨梳。露角連城動，風蟬帶樹疎。故鄉頻水旱，翻怕得家書。

旦入宣武門

棡鼓傳三千，門開九衢曙。老夫肩輿出，日與輀車遇。粉書揚銘旌，束縛同此路。死有千載瞑，生無一朝寤。嗟爾行哭人，啾啾百蚊聚。語出《楞嚴經》。

題嫻堂奉母圖爲郭于宫尊堂吕太君壽二首

其一

天半鸞凰膝下雛，承恩先爲老親娱。愛他五綵斑斕袖，曾捧驪龍四顆珠。皇上南巡時，御書「禮教克嫻」四字以賜母。

其二

畫棟浮光縹緲間，新摹宸翰作堂顔。天生才子如椽筆，欲賦閒居可得閒。于宫供奉南熏殿。

張副戎有愛姬二人去年重陽日各生一子命工繪圖同年劉大山有詩屬和一首

臨觀恰是重陽卦，不比《徐卿二子歌》。菡萏秋房原並蒂，珊瑚越網又交柯。明知照乘光相敵，試問連城價孰多？博得兩鬟開口笑，一持侯印一提戈。

少宗伯王瑁湖先生别墅名甲秀園皇上南巡雲間凡兩幸焉先生作詩紀恩復屬余繼和次韻六章

其　一

甲秀園開碧泖潯，每從廊廟憶山林。花如韋曲傳佳句，風自《卷阿》繼雅音。兼托丹青摹盛事，獨將清曠契宸襟。九峰高倚層霄上，俯入軒窗是寸岑。

其　二

喬木千章竹萬根，翠華臨處彩支繁。帆檣隱隱頻移岸，桑柘依依别有村。緑野天開裴令墅，冶城人識謝公墩。陪遊何必身親到，魚鳥能邀再顧恩。

其　三

列仙圖籍本雲霄，物外心期故自超。雅有新裁矜異數，喜聞屬和偏同朝。兩回步輦花間入，一色春旗柳外飄。透出斗中光萬丈，御書樓閣冠巖椒。

其　四

靈壽無煩借孔光，朝回展卷好相徉。書臨勑賜松花硯，笏聚家傳鍮石牀。蘭畹芝庭方競秀，石田茅屋豈全荒。承明又召枚皋入，始信烏衣世澤長。時長公麟昭被旨供奉内廷。

其　五

一花一木記平泉，手植何人不解憐。此日韶華娱舜目，幾家雨露長堯年。波摇曲沼黄金縷，欄亞新叢碧玉椽。總在雲蒸霞蔚裏，畫圖欲繪恐難全。

其　六

陸機茸外野人家，萬頃畦風養麥花。曉徑烟巒成掩冉，晚春雲物貯清嘉。山莊細雨初回輦，官焙頭綱正試茶。扈從班中曾秏筆，爲公濡翰語非誇。丁亥三月，余隨駕獲游園中。

九月二十日偕紫滄亮功兩同年赴密雲接駕往返三日馬上即事六首

其　一

黄收朔野横從畝，紅散霜林遠近郊。不是三人同寓目，一年此景等閒抛。

其　二

同官同直還同譜，六七年來不暫分。比似天邊一行雁，飛鳴食宿總成羣。

其三

塞柳風高遞急砧，回鑾時節正秋深。身如舊賜天閑馬，暮齒猶餘見獵心。

其四

翠旄朱斿歲往來，歡聲奮地又如雷。關南黎老争扶杖，重見蒼龍侍輦回。

其五

蝗不成灾慮種遺，撲蝻有詔責官司。直從場圃初成候，筭到明年稻熟時。

其六

載路頻聞樂土歌，聖恩寬大緩催科。太平是物皆蕃庶，斑鹿黄羊獲校多。

送孟静齋之任錢塘二首

其一

水旱頻傳接井疆，畫船簫鼓半荒凉。欣逢悃愊無華吏，往拯租庸積困鄉。郡守賢如龔渤海，謂張裕齋。州民窮有鄭滎陽。謂老友鄭息廬。此行直比陽春脚，膏雨隨車到一方。

其二

不改書生舊羽儀，翛然一見識心期。曾從譜牒知名久，與德尹庚辰同年。未覺風塵笟宦遲。劇邑簿書迎刃辦，冷官門户少人持。煩君蔭及先賢澤，京兆岡阡忠惠祠。先京兆公賜域在江干范村，外曾王父鍾忠惠公祠堂在西湖第一橋，皆屬管内。

齒痛借用昌黎韻

我年五十時，落一牙一齒。故人傳良方，盥用井花水〔一〕。餘存幸牢固，自爾將及紀。午餐漱方撤，曉枕扣而起。清比啄木聲，硠硠徹人耳。寧知衰老候，疾苦不由己。積火壞陳齦，浮陽發頹骫。冬來忽擁腫，罅縫生磥硊。難憑藥醫治平聲，最怕物觸抵。苦開酸兩頰，亂動憎食指。平吞有哽咽，礙嚼無軟美。旁觀不知難，相勸進匕匙。黄耇半甌粥，舌在僅可舐。連綿五晝夜，腫赤乃漸止。痛定得動摇，老夫翻自喜。韓云吾亦云，次第將落矣。平生滋味薄，藜莧徒累爾。時至適摧殘，在堅宜有毁。百骸推一例，此蜕已久委。試看葉經霜，終無戀枝理。

〔一〕「花」，《原稿》作「華」。

初冬集春暉草堂賦得菊殘猶有傲霜枝十二韻

黄菊將殘候，嚴霜戒令時。亭亭當晚節，冉冉閲秋期。正使孤花秀，何妨衆葉萎。倚衰猶崛强，競賞故參差。澹入高人目，幽惟冷蝶窺。似曾霑雨露，終不傍樊籬。摇落芳心見，低回客土移。楓丹非本色，竹翠是相知。繞徑香雖淺，登堂影亦奇。白衣誰送酒，青女解催詩。性在休嫌傲，寒多莫漫欺。重陽高會少，剩取一枝枝。

擬樂天一字至七字體以題爲韵分得簾字

簾。傍檻。依檐。防客見，避花嫌。平鋪湘簟，斜搭吴襜。額飄風細細，鈎映月纖纖。更無人處垂地，但有香時透奩。試問陰陰芳樹底，後堂玉笛是誰拈。

十月望後前輩周桐野同年王樓村雨中過槐簃看菊留小飲明日桐翁以詩見投次原韵二首

其一

老瓦盆中花十本，上槐街裏屋三間。眼前此景殊不俗，輦下幾人能愛閒。我已掀泥除蘚徑，客方冒雨扣柴關。寒林瘦竹蕭蕭意，着片疎籬即故山。

其　二

土銼無烟硯欲冰，一歡邂逅得何曾。詩如老將渾無敵，花到殘年亦少朋。紙閣留香清四壁，畫屏肖影澹孤燈。直饒酒醆難抛在，未敢多邀入社僧。

題湯西厓前輩出關圖即送赴奉天府丞任六首

其　一

中原桃李盡門生，官比冰壺徹骨清。此意九重非不達，又持文柄赴陪京。奉天丞兼督學政，故云。

其　二

燕雲東北是重關，笑指飛鴻滅没間。天與先生開眼界，自吟詩過十三山。

其　三

里社枌榆接帝鄉，同時卿相半南陽。居民老不知兵革，耕徧松桓舊戰場。

其　四

沙蟲猿鶴總秋埃，考證真須著作才。别着畫圖車幾兩，東都少尹載書來。

其五

荒寒杞菊笑齋厨，山海中間物産殊。不獨秋原饒雉兔，八梢魚賽四鰓鱸。

其六

西風獵獵捲雙旌，别路秋光雨正晴。前隊朱衣非俗物，爲君聊壯出關行。

題紫滄醉吟圖小照三首

其一

落花風裏髩交垂，山谷前身定牧之。綺語多生留一句，醉圍紅袖寫烏絲。

其二

朝賜黄封夕奏詩，玉堂人物數同時。如何袖染天香後，偏愛科頭曳履姿。

其三

醉裏清吟眼界花，樂天猶作少年誇。證因亭上新翻偈，枯木寒灰别一家。

古詩

花開昨夜雨，花謝今朝風。造化故無私，循環一氣中。舉舉少年子，彈指成衰翁。翁衰從少得，乃復憂兒童。

題翁樹服别茶圖小照三首

其一

小團龍鳳碾初勻，面首膏油苦鬬新。修貢亭荒官焙少，輸他一片火前春。

其二

湯老懸知客亦佳，清風兩腋是仙才。花瓷不少纖纖捧，辛苦磚爐自煮來。

其三

君顔白皙我華顛，猶記騎驢並入燕。重向茶邊論臭味，出山泉愧在山泉。

盧六以庶常自藩邸入直武英每乘小車以詩索和

轣轆勞薪五稔餘，八騶雖乏勝騎驢。伐輪自信餐非素，代步何妨進稍徐。旁挂鴟夷應貯酒，中安猶坐好攤書。多君博物張寛比，定有人占第七車。

送宋蘭暉庶常養親歸商丘兼呈漫堂先生四絶句

其　一

歸途幾見着先鞭，祖道回頭僅隔年。去秋送太宰公予告旋里。羸得旁觀增太息，此行真箇是神仙。

其　二

長假緣知爲老親，隨身匹馬兩車輪。較量白傅香山社，膝下今多奉杖人。

其　三

出專方岳入蓬瀛，小宋文章又擅名。獨脱朝衫歸養志，官情付與二難兄。

其　四

薄雪初消柳未絲，行期預遣報西陂。羡渠到日逢元日，歲酒先拈第一巵。

得東亭弟滇南書知補授太和令作詩志喜

送爾銜炎出國門，弟于五月杪出都。半年迢遞憶征軒。星埃路脱千重險，冰雪書來一笑温。

官舍向來多北户，王程從此少南轅。家聲定有鑾人識，身是前朝小諫孫。明嘉靖朝，先高祖在諫垣，疏參分宜相，杖謫定邊尉。

從廟市買梅花水仙二盆口占二絶

其一

取意原從冰雪間，水邊林下總怡顔。黄花過後無聊賴，又破先生一掬慳。

其二

根株高下手親栽，嫩蕊多憑火力催。好與冷官添暖熱，一房紅日看花開。

答硤川程予和

有才如此我應求，慚愧篇章屢見投。愛説項斯長在口，自逢東野欲低頭。苦心豈少知音識，佳句殊難率筆酬。期子修途須努力，莫憑嗤點逐時流。

除夕前四日宫恕堂寓齋消寒雅集次東坡答段屯田韵

平生區中緣，足迹天下半。自隨厩乘秣，坐致籠禽歎。去日行已多，後期把難玩。職雖典文墨，官肯羨黄散。冷澹作詩人，讙譁劇酒伴。鼕鼕街鼓夕，喔喔鄰鷄旦。蔔瓠點羹湯，鮮腴飣柈案。狂吟詞跌宕，衆舞影零亂。憑誰扶雅輪，於我奉沃盥。營身有底急，見事何妨緩。壯懷付消沈，老學資講貫。賈生蠲細故，韓子就新懦。欲回天地爐，重扇陰陽炭。貧因思拔宅，愛有歌適館。幾時解嚴寒，此會得餘暖。甘從百罰醉，聊博一笑粲。

次潤木除夕感懷韵四首

其一

窮年趨走不辭頻，休澣聊除半日塵。武英節假後復入直内廷，今日午間始回寓。七秩將開吾向老，半生習嬾爾無倫。屋如參廨東西住，樹接斜街上下鄰。笑把屠蘇甘最後，白頭何事肯先人。

其二

病鶴摧頹戀赤墀，尚憑瘦骨强知時。早梅破臘心相許，殘菊迎春事亦奇。瓶中菊花自十月杪至今尚未萎，亦一奇也。賓戲客嘲從啫啫，人趨我步儘遲遲。枯枰三百多平路，莫鬬新翻巧手碁。

其三

踈踈微霰墜無聲，隨分招呼得合并。陋室然薪爲蠟炬，荒厨煖酒用茶鐺。語便應對宜鄉友，夢失悲歡長道情。錯料官中有生計，依然共爾舉家清。

其　四

風流幾輩記遊燕，往事依稀劒契船。細數流年殊瞥爾，每逢遠訃一悽然。半年來，吾鄉陳少司寇、汪少司農、竹垞朱先生、陳太守六謙皆物故。龍蛇屢厄天何意，蛩駏相依老倍憐。正自欲歸猶未得，妄思駐景作巢仙。

敬業堂詩集卷三十八

槐簃集下起庚寅正月，盡閏七月。

庚寅元日試筆戲效樂天體

朝回剥啄門無客，家會團圞巷有鄰。潤木寓相去一里許。簷竹半經霜壓捺，盆梅全得雪精神。顛毛白後無多許，花甲周來第一春。除却過頭年六十，另編詩藁起庚寅。

湯西厓前輩見和元日試筆詩再叠奉酬

不愁遼海阻音塵，西厓初自奉天少尹陞任回京。劇喜還朝作並鄰。客疾過年當勿藥，新詩拈筆果如神。溪山偕往知何日，步屧相隨要及春。只恐官高歸未易，釣磯端合付徐寅。西厓將以疾告，故云。唐徐寅歸老延壽溪，作《釣磯》、《探龍》二編，僕意以此自況也。

立春前一夕小飲西厓寓齋三疊前韻

歸休終傍漳南宅，西厓近買宅海鹽，余亦將移居於此。偪仄今充巷北鄰。無事不嫌頻扣户，坐談常恐太勞神。燈前對影流連夕，花底開懷準擬春。探借盤筵報佳節，先庚三日午辰寅。《蘇氏易傳》：「先庚三日，午辰寅也。後庚三日，子戌申也。」

湯納時表弟次前韻見寄四疊韻

衰遲會合且風塵，下榻閒坊近接鄰。每憶兒時纔轉瞬，不談舊事怕傷神。雪封村路梅花夢，酒汎行厨柏葉春。壽骨不知相似否，與君初度再庚寅。范石湖六十一歲《自貺》詩：「四人同丙午，初度再庚寅。」弟與余同年生，故引之。

劉若千前輩枉和新篇五疊前韻奉答

多年文酒追陪地，君有餘波每照鄰。曾向桓驄展風力，愛從稽鶴領姿神。校書館閣閒中老，夢草池塘句裏春。敢擬唱酬稱執友，後先官簿託同寅。

瓶中菊花入春未萎西厓前輩樓村同年聞之各以詩相賀賦謝一首

兩枝黄白膽瓶中，猶記秋深折淺叢。能伴幽人過殘臘，始知大地有春風。延齡疑致神仙訣，勺水終資造化功。苦被蚤梅催替代，虚慚矜賞兩詩翁。

六疊前韵答樓村同年

不分君貧我更貧，何曾祭竈請比鄰。筆花入夢能爲祟，銅臭如錢豈有神。陋巷幾家還賀歲，東郊昨日又班春。典衣纔了尋常債，踏麯重思趁上寅。造麯用七月上寅，見《長慶集》。

七疊前韵答劉大山同年

詩酒劉家代有人，不煩事事乞諸鄰。篇章分得隨州派，釀法争傳白墮神。來詩用賈島、杜康，故以此答。樂歲人情初見雪，他鄉時序怯逢春。憑君對我誇張少，莫把生申比降寅。大山丙申生，偶借用《嵩高》語。

西厓生日再次瓶菊韵奉柬

昏參旦尾報方中，又見蘭芽茁雪叢。初度年年作人日，官居處處舉鄉風。閒吟喜帶松篁氣，却病何關藥餌功。要識翛然出塵意，散花方丈凈名翁。

試燈前二夕再飲西厓齋即席分賦得鈎字

簾閣春寒未上鈎，重來竟夕爲淹留。印泥開酒波紋汎，雪窖移花蕴火柔。出《漢書・召信臣傳》。才小媿參諸葛坐，格高可怕老元偷。樂天詩：「每被老元偷格律。」回思三十年交舊，幾個如新到白頭。

八叠前韵答同年吳南村

與君日日爲同直，千萬何須更買鄰。筆退管城堪作冢，針傳繡譜豈無神。青袍似草風驚曉，蒼鬢如松雪鬭春。好乞上元連夕假，重呼儕輩會三寅。明日十二方逢寅，同年又有公會。

盆梅

姑射有仙人，冰肌故綽約。歲寒守岩谷，風雪從饕虐。無端被巧匠，栽接移根脚。本是桃寄生，而含梅跗蕚。經冬傍花窖，漸亦喜熏灼。昨登廟市來，帶土入城郭。千錢買一本，手爲解其縛。我室清如冰，依然愁冷落。瓦盆一小器，局促焉足託。本性倘可回，相期返丘壑。

若千前輩見和瓶菊詩再次韵奉答

結爲三友歲寒中，松竹行邊菊有叢。併與梅同禁朔雪，不教蘭獨占東風。衰遲光景參差信，冷澹生涯長養功。此段閒情應入畫，畫將林叟配陶翁。時方屬蔣酉君補圖，以折枝梅花作配。

試燈夕吴篁村同年招集陶然亭

春來日日喜春晴，邀我同遊不夜城。燈火參差亭北面，管絃清脆月初更。探花不減年時會，對酒偏傷老大情。五十二人官太冷，癸未同年，在詞館者五十二人。多君獨着繡衣行。吴時由户部郎改授侍御。

雪後獨赴書局

銀鑰初開右掖門，最先衝雪到朱軒。鴉穿鬖淞翻林影，鴿下罘罳印爪痕。釦砌凝冰防履滑，茸裘呵凍就爐温。此時忽動撚鬚興，憶着橋邊竹外村。

戲爲四絶句呈西厓桐野兩前輩

其　一

碧海鯨鯢杜陵老，虚空騄駬玉川翁。後生不自量才力，却道同遊羿彀中。

其　二

顛倒波濤拆海圖，補將百衲綴諸于。天機雲錦非鴛繡，縱有金針度得無？

其　三

百年神物在泥蟠，俗筆多從委蛻看。誰遣通身鱗甲活，畫龍容易點睛難。

其　四

不知此曲唱誰家，第一燈傳梵釋迦。妙處可容添語句，故應微笑對拈華。

折早梅一枝插菊花瓶中蔣西君同年繪二隱圖見贈并系以詩次韵奉酬

秋英春蕊忽交枝，耐久翻成邂逅期。高士累朝多合傳，佳人絶代少同時。不争犯雪開能蚤，頗訝經霜萎獨遲。何物報君圖贈意，亟來花畔對傾巵。

燕九日郭于宫范密居招諸子社集演洪稗畦長生殿傳奇余不及赴口占二絶句答之

其一

曾從崔九堂前見，法曲依稀談段傳。不獨聽歌人散盡，教坊可有李龜年？憶己巳秋事。

其二

上客紅箋興自酣，風光重説後三三。老夫别有《燒香曲》，憑向聲聞斷處參。

題西君同年花果册四首

其　一

淡墨染花頭，花心點焦墨。不似《戲猫圖》，寫生煩設色。徐崇嗣有《芍藥戲猫圖》。

其　二

畫竹葉欲密，畫蘭葉欲稀。破空三五筆，筆筆勢如飛。

其　三

南村有諸楊，不數陳家紫。目瞤朵吾頤，朝來吐饞水。

其　四

蒲鴿青連蔓，移根入塞難。曾從天上副，賸許畫中看。《禮記》：「爲天子削瓜者副之。」

花朝集忍冬齋月下飲汜光春用東坡定惠院月夜韵

始雷送雨作花朝，午後微雨，初聞雷聲。片月流空轉清夜。故人招我動春酌，繫馬門前古槐下。初聞鏘器隔窗鳴，忽卷湖光入懷瀉。碧壺貯液清瀲灧，黄穤流膏香䆉亞。淡交滋味均有無，久客杯槃通假借。自然真趣出酬勸，豈比恒情論報謝。篤嗜誰分南北篘，羣讙會惱東西舍。已拚豪舉任投轄，待析狂酲須挫蔗。張協《都蔗賦》：「挫斯蔗以療渴」。從君泥飲痛不辭，與世周旋老尤怕。何當口業並消除，庶免人傳供笑駡。

分賦肅寧八月桃二首

其　一

玉帶河邊花似錦，南陽疃畔實如拳。不嫌雪桼年光晚，長記《豳風》剥棗天。

其　二

六月關南進荔枝，西風北産熟偏遲。行宫瓜果中秋宴，珍重金盤拜賜時。五年前扈從口外，曾蒙賜食此品。

題王海文修撰秋林讀易圖二首

其　一

夢裏吞來記得不，韋編重對纈林秋。三爻已足科名用，一半還須向上求。

其　二

君家《易》學吾能説，前有《通元》後《發微》。晉王長文撰《易通元經》，唐王子安著《易發微》。世俗但傳王輔嗣，不知理數本同歸。

幽　蘭

蘭兮蕙之族，幽者特早芳。見别疑似間，獲升君子堂。初來羞自獻，既吐還深藏。氣味則相親，無風亦悠颺。老禪適静坐，鼻觀通微香。

淘　渠

京師飲汲井，城減但流惡。家家門前溝，歲歲費淘摸。九衢豈不寬，所向防失脚。東風連日霽，桃李嬌陽春。看取溝中泥，還爲衣上塵。衣沾胡足道，奈此塵污人。

寒食詞

鈿車隱隱走輕雷，兒女相將上冢回。不管小桃攀折苦，競攜春色入城來。

題吴寶厓西溪梅雪圖二首

其一

苔枝殊冷澹，况乃壓枝雪。此時西窗琴，孤絃凍應折。知音眼看少，古調誰見別。聊爾動微吟，含毫寫清絶。硯冰涣涣散，酒耳烏烏熱。多謝造門人，毋來污吾潔。

其二

我愛新城詩，一緘寄冰雪。溪山如在眼，欲往屐齒折。畫圖與真境，莫作强分别。興到神亦俱，雙清兩奇絶。相逢山中侣，一笑回暖熱。洗我筆端塵，從渠嗔太潔。

殿庭草

東風吹緑花甎縫，下有陳根幾百年。惆悵履綦遺跡盡，雍和門外浴堂前。

菊苗

去秋所種菊，墻角委土梗。老眼無留花，過時寧復省。旬來春雨足，百卉擢條穎。嗟爾一寸根，勾萌亦自湜。回青識故處，閱白感俄頃。九陌交輪蹄，千林競桃杏。吾苗尚毫末，即事笑幽屏。

三月十八日曉出西便門至暢春園天始明

夜枕過雷雨，薄雲開朝晴。起乘殘月影，快作西郊行。好風從東來，初日烟中生。村村花柳氣，寺寺鐘魚聲。草色既芊眠，溪流亦洄瀠。于焉愜野趣，瞥爾遺宦情。長恐芳訊闌，坐聞鶗鴂鳴。白頭誰料理，撫景中怦怦。

院長揆公於園池小洲上新構亭榭落成自賦四詩其末章專以見屬次酬原韵

其　一

面面軒窗盡枕流，轉於空闊得深幽。負山有力輸鼇背，畫壁何年倩虎頭。皓月澂波宵似晝，疎簾清簟夏先秋。尤宜落日平臺上，遠景蒼茫咫尺收。

其　二

四首新詩自落成，尚留齋笏待余名。雲烟物態論今昔，風雨心期閱晦明。潑剌紅鱗當檻躍，襬褷白鷺導舟行。人間擾攘知何限，不博先生笑絶纓。

其　三

只擬松高對阮論，朝回一意避塵喧。瓣香自覺心源净，明鏡端除眼界昏。菱葉牽絲縈瓦影，桃花拍浪没橋痕。此中何處容殘客，應許扶藜獨扣門。

其　四

神問身心影答形，籬杉徑竹對亭亭。開編一盞供浮白，排闥千峯與送青。鶴跡愛穿花底覓，漁歌長憶雨中聽。年來自嘆才將盡，擬向詩仙更乞靈。

從院長乞園中新笋次昌黎和侯協律咏筍二十六韵

及見初移植，清陰漸滿軒。萬竿殊不惡，五畝遽爲煩。篠簜年將老，筤簹定有孫。遠句雷啓蟄，前夜雨翻盆。驗長纔分寸，争高自曉昏。密侵苔錦厚，尖透麥風温。鳳味形粗具，龍雛勢欲騫。攢攢犀角利，隱隱豹斑存。行列雖無次，縱横亦有垠。合充嘉客饌，何待老饕言。趁取猶含籜，兼當未易根。斫教開鶴徑，養秖護羝藩。幾費輕籠貯，曾勞重馬奔。千錢空市肆，束帛吝丘園。昔享山僧供，今希地主恩。須防行礙屐，那計避踰垣。芼豈資薑桂，香應敵菭蓀。釜烹憐久缺，臺餽望頭番。賤嗜終成癖，奇珍且勿論。人情知貴少，物類要删繁。蠹簡餘殘債，東坡詩：「多生味蠹簡，食笋乃餘債。」饑腸待飽飧。堪嗤惟食肉，所忌亦當門。正使因風折，何如帶土掀。解饞勝嚼竹，勸醉抵留髡。頤朵頻搔首，詩成乍悦魂。馬軍煩走送，炊玉迨朝暾。

鶴雛和院長作

太息胎仙種，無端墮卵生。羽毛存逸性，風露學長鳴。已作離羣立，還看傍母行。鵝王爲擇乳，鷄粒莫相争。

院長餉水鳥卵數十枚兼侑以詩次答

菰蔣深處有飛翰，百族成羣影不單。遥想母歸雛已散，誰知巢覆卵猶完。君緣野味分相餉，我愛溪毛聚作團。擬倩家禽爲啄䕭，匀圓未忍瀹登盤。

劉若千前輩招集聽雨樓用少陵重過何氏園林五首韵

其一

白髮春垂暮，昏昏日校書。忽聞傳尺牘，招我過園廬。簾引新巢燕，床抛舊佩魚。此中饒勝賞，大可賦閒居。

其 二

締搆尤加密〔一〕，規模故不移。種花多結子，看鶴又生兒。樹影摇朱舫，苔痕上緑陂。自然饒野趣，高下有疎籬。

〔一〕按，此首《原稿》頗異：「咫尺陰晴別，攀躋景物移。劈箋分座客，擔榼累廬兒。樹影摇朱舫，苔痕上緑陂。爲花添曲折，重縛秫稭籬。」

其 三

高閣披襟處，斜陽脱帽時。流連今夕酒，惆悵去年詩。藤亞交頭杖，蛛垂拂面絲。獨來吾不厭，况與故人期。

其 四

頗憶家鄉趣，閒談味更長。露梢開粉澤，雨葉展旗槍。久客徒漂梗，浮生劇夢粱。蹉跎十年計，種樹恐倉皇。

其 五

主賓原略分，師友亦忘年。愛讀先生句，如聽古磵泉。狂猶能奮袂，老只想歸田。正爾良非易，回頭各惘然。

予昨作詩從院長乞筍有馬軍頻走送之句院長謂余兼欲致酒也今日大風遣人餉筍及菊釀二壜以詩索和次答

乞筍何當更致醪？笑余毋乃太貪饕。頓教野老寒蔬賤，不怕鄰姬酒價高。一飯解苞登玉饌，黄山谷《謝人送笋》詩：「都城一飯炊白玉。」又云：「豹文解籜饌寒玉。」三升出甕湧詩濤。孟郊詩云：「詩骨聳東野，詩濤湧退之。」只慚指動真踰分，仙爪能從背癢搔。

院長以詩餉櫻桃次來韵

小摘枝頭鳥未殘，遠從筐筥照吾盤。珊瑚碾出千絲網，鉛汞燒成萬粒丹。憶舊如霑門下賜，嘗新合讓野人餐。條冰况味公能識，熱不須觸要辟寒。

院長折園中雜花見貽以詩索和次答

霧裏看花未屬厭，煩分春色到窮簷。儘教語燕來窺硯，便有遊蜂伺捲簾。俄影自摇殘燭短，餘香欲度晚風尖。多生結習除難盡，容易波羅一笑拈。

松花和院長

謖謖風吹墜粉乾，似花仍不作花看。滲成竺國瞿曇面，染得華陽道士冠。鶴翅勤來因掃拂，蜂須難覓爲高寒。神方果有輕身訣，斸取陰脂試共餐。

或云紫藤花蕊可瀹以點茶下酒從自怡園采一斗許試之香味果清絶戲作一詩柬陳南麓都諫周桐野侍讀兩家富有此花故以方法報之〔一〕

牛酥煎牡丹，方法傳自昔。藤花故見遺，開謝任狼籍。客從山中來，云此堪齟齬。貧家乏餖飣，一味忍輕擲。飾庭雖無緣，謀野乃有獲。郊園腓百卉，高蔓走千尺。瓔珞垂紫英，晴光燭晨夕。畦丁幸許致，爛熳助采摘。一一柳貫魚，頃筐手親劈。天生物無棄，秪在人愛惜。于湘昧《食經》，試以己意逆。水瀹既良方，火攻非下策。屏除蜀椒辣，點綴吴鹽白。果然發芳鮮，出釜登几席。豈惟悦我口，亦用酬吾客。人誰知正味，事喜出創闢。明朝馳短箋，鄭重告詩伯。兩家富旨蓄，迨此花滿格。俯笑王濬冲，營私鑽李核。仰慚陸魯望，未免杞菊癖。

〔二〕按，《原稿》「采」作「采得」。

題西君畫荔支圖二首

其一

四月則太早，七月則太遲。上品貴適中，孰當小暑時。其株皆合抱，赬實高纍纍。色香與味三，妙取帶葉枝。金盤薦華屋，不以遠見遺。向非玉堂仙，誰寫冰雪肌。冰雪故難剖，略煩點臙脂。如披蔡家譜，而讀蘇公詩。

其二

粵人既夸粵，閩人亦夸閩。君少飫粵賚，吾衰飽閩珍。兩舌雖不同，知味諒乃均。别來各踰紀，夢想猶隔晨。多君繪成圖，見畫如見真。又復索題句，與傳畫精神。一枝風露鮮，齒頰回津津。何必三百顆，長作嶺南人。

聽琴工吴觀心彈欸乃作歌贈之

九疑之麓，瀟湘之潯，碧羅帶繞青瑶簪。元音一散萬萬古，墮入泱漭氣鬱沈。漁翁鼓棹如鼓琴，晚遇元次山。柳子厚。爲知音。却將《欸乃曲》，寫出烟波心。雨濛濛兮木栫栫，鷓鴣低飛猿叫霧。一聲兩聲斑竹裂，十里五里江天陰。秋風掠岸凉吹襟，思婦夜敲斷續碪。忽然日出花滿林，黄鸝紫燕春愔愔。遊絲飄空幾千尺，山長水闊無古今。乍高乍墜勢莫禁，愈近愈遠端難尋。不知覿面者誰子，恍若獨坐成連海外之孤岑。吴生絶技迺至此，正氣所感感更深。我思欲學奈衰老，心粗指硬恐不任。膏肓稍以砭石鍼，有耳肯聽《桑濮》淫。吁嗟乎！吾之知吴蓋已淺，聊託寂莫《滄浪吟》。

院長餉竹萌蕨芽〔一〕

春山笋蕨本來甜，蘇詩：「慚愧春山笋蕨甜。」難得城中二者兼。一笑開籠何所擬，小兒拳配玉纖纖。

〔一〕「萌」，《原稿》作「筍」。

題同年張蒿陸落葉詩卷後

詩境全從寄託深，開編静對見君心。行收珠玉揮毫手，往和風霜落葉吟。竹老爲椽仍中笛，桐焦入爨始成琴。五千言領知希意，不要人人盡賞音。

文安王孝子詩奉和安溪相國作

青青松柏樹，蟠根上垂枝。人生斯世間，孰是無父兒。父子有常性，曰惟孝與慈。本與生俱來，平平理無奇。奈何千百載，孝行傳者希。將毋世教衰，天性有淳漓。其或得天厚，一念不自欺。精誠未徹間，天故靳報施。艱辛方歷試，陰騭姑遲遲。及乎感遂通，較若稱銖錙。適與人事會，彼蒼本非私。試看農家子，任真初何師。志壹氣乃充，人定天爲移。文安一小邑，中有孝子祠。王姓原其名，厥族蓋已微。生小但依母，不知父爲誰。母旋告之故，朝夕恒涕洟。稍長甫娶婦，長跪與母辭。兒今欲覓父，有婦侍寢幃。苦語挽不留，隻身望天涯。眼前盡岐路，倀倀將安之？路窮乃涉海，夢兆如蓍龜。掉頭别母去，躡足隨爺歸。未歸敢自必，歸到翻成悲。里鄰賀羊酒，官長旌門楣。團圞逮眉壽，仍世開囊基。到今二百年，代易族姓滋。此事載邑乘，四方或未知。安溪賢相公，畿輔舊保釐。訓俗務根柢，仁親以爲期。表彰先朝事，欲令來者思。手立《孝子傳》，復爲《孝子詩》。詩中何所云，代述孝子詞。讀之盡流涕，恍然目擊時。康叔生奉母，曹娥死負屍。敢請追配古，大書勒諸碑。

新竹次院長韵

青瑶流影照明玕，陶詩：「亭亭明玕照。」盡放梢梢出屋寬。粉澤未乾宜露濯，錦棚初脱奈風寒。輕陰拂地應加密，秀色迎人尚可餐。附入戴家新譜内，釋名稱草恐難安。《爾雅·釋草篇》：「笋，竹萌。」《山海經》：「其草多族，厥族多箘。」皆以竹爲草類。故戴凱之《竹譜》云：「事經聖賢，未有改易。」然稱草，良有難安。

盆中繡毬不作花者九年矣今夏復放院長有詩索和次原韵

久留生意未爲薪，近報唐昌蕊又新。碎剪有痕千瓣雪，密攢無縫一團春。壓梢自重非關鳥，帶葉全低欲礙人。記得月燈毬樣似，白頭重見意猶親。《南部新書》：「每歲寒食，新進士于月燈閣置打毬之宴。」東坡詩所謂「曲江船舫月燈毬」也。

謝院長惠西洋蒲桃酒

妙釀真傳海外方，龍珠滴滴出天漿。醍醐灌頂知同味，琥珀浮缾得異香。直可三杯通大道，誰教五斗博西凉。平生悔讀無功記，誤被村醪引醉鄉。

題盧六以庶常抱經圖二首

其一

《三傳》何妨有異同，抱經莫學玉川翁。賈家訓詁韓家論，可少盧家與折中？漢賈逵有《三家經訓詁〔一〕》，魏韓益有《春秋三傳論》十卷。

〔一〕「經」，《原稿》作「經本」。

其二

章句人人守一經，可憐秖用博科名。多君獨有膏肓癖，不傍長檠棄短檠。檠字本屬上聲，宋人多叶平，聊復借用。

送李敬齋庶常請假歸里

與君書局同晨夕，不道陳情爾許難。李去秋便欲乞假，因成書限嚴，今方爲啓奏。愛日光陰雖未晚，望雲懷抱幾曾寬。無言可慰三年客，此去全勝十政官。用章孝標詩語。爲報眉間見黄色，高堂一笑定加餐。

送梅雪坪出宰泰順二首

其一

行作折腰翁，吟邊憶謝公。攜家千里近，得邑萬山中。椒蕣通閩賈，魚鹽走去聲海童。流傳永嘉學，亟望起儒風。泰順，温州之屬縣，明正統朝始置。地連甌越，民俗朴魯，未有以文章科第起家者。故云。

其二

竹垞門下士，君爲竹垞先生辛酉江南所得士。爾雅倍堪親。前輩詩無敵，多才畫入神。一官貧寄禄，萬卷老隨身。去去君何恨，徒傷久滯人。

張蒿陸有賢子三十而夭屬作挽詞

短生寄長世，如浮亦如沈。高人付達觀，旦暮猶古今。下士重其寶，服食延分陰。相去九牛毛，奚翅尺與尋。造物本無物，榮枯隨所任。奈何才不才，分量費酌斟。才者或夭折，不才乃森森。此枋竟誰持，報施昧善淫。嗟嗟張氏子，質秉玉與金。十五工文詞，長老咸歎欽。二十舉鄉貢，恒苦疾疢侵。夙慧天所驚，道根種何深。自知不永年，瀟洒託清吟。

三十遽謝世，一笑遺冠簪。斂以僧伽黎，反乎尸陀林。其生類知道，没豈無知音。我作哀挽詞，以慰乃父心。

送同門孫斗文赴任武緣

百户猺獞賦，孤城瘴癘天。茫茫赴長路，草草別同年。剋日有嚴限，之官如左遷。桂林嗟已遠，南去又三千。

送同年喬松華赴任永福

碧水丹山路，迢迢六七千。桂林聞少瘴，荔浦喜通船。吏隱安荒外，人情薄眼前。孫郎行更遠，作計幸周旋。謂斗文。

送楊次也赴平凉太守任二首

其一

辛苦河隄使，初停杵稾聲。三年方上計，五馬遂西征。齋釀葡萄味，沙陀苜蓿程。勿辭乘障遠，領郡際昇平。

其二

開府吾鄉彦，勳名策府存。典刑傳太史，科第繼文孫。世以儒林重，官仍露冕尊。平生期望意，垂老屬恩門。令祖司馬公開府黔陽，僕在幕下，受知最深。

塞外二色芍藥五月始花院長揆公采得並頭一枝屬蔣西君繪圖兼以唱和詩寄示次來韵

草没煙埋定幾時，忽驚紅白出連枝。號韓合隊方稱貴，姚魏分標未足奇。若使入宫應薄妬，却緣出塞更多姿。畫圖與釋從前恨，兩首詩傳萬口知。

送周桐野前輩督學順天

先生人中龍，天與君子性。平時頗跌宕，臨事乃剛正。憶昨典浙闈，量涵江海浄。無私消謗讟，冰雪久彌瀞。至今桃李門，得士稱最盛。數椽居帝里，貧過滎陽鄭。俸錢付書估，斗酒謀主孟。時復召朋儕，琅琅發高詠。彈丸躍奇句，傳寫寧待竟。李杜韓白蘇，篇篇資考証。他文率稱是，手筆誰能倩。以此徹主知，蓬山夐無併。趨營幾新輩，時世梳粧靚。

恬澹其素然，卓哉晛品行。國家設遺補，拔擢半長令。庶常問改授，歷職例不更。敢云著作庭，遷轉薄諫諍。於公實久次，事異初徵聘。比者適乏人，銓曹列名請去聲。終焉寢前議，上賴天子聖。宮坊俄晉秩，侍讀繼申命。小試惜宏才，留爲作人慶。使星不涖蜀，纔輔觀爲政。古來豪右區，當代儒風競。文通山後族，武達代來姓。一一操管從，妍媸歸皎鏡。將空冀野羣，往矣執衡柄。絃琴視拂拭，匣劍待磨鋥。苞苴自不入，籬棘何妨摒。必若振先聲，務須釐積病。朱衣羣吏導，絳帳諸生迎。詎非稽古力，榮寵一時併。公貌謙愈冲，公懷直且勁。和光得人愛，嚴氣生我敬。良辰乍招攜，同人於端午日，餞别城南江亭。臨别心怲怲。城南好亭樹，快若披畫幀。每來必遲留，天水互澂映。飲徒散將盡，自此稀游泳。計公還朝日，吾已理歸榜。贈言抒所懷，甘被俗嘲評。

內閣北垣下有老楮一株歲久成陰相國澤州公機務之暇時一憩焉泰州禹之鼎繪成楮窗圖公自題七律二章命門下士繼和敬次原韵二首

其一

洵知黄閣異人間，獨樹能高便不頑。瀟洒坐看移日影，婆娑行愛繞苔斑。堂餐撤後仍開卷，賜杖攜來正押班。爲報官居如邸第，太平機務有餘閒。

其二

自蒙一顧覺恩深，地傍絲綸氣象森。樗散不教成棄物，栽培聊許效清陰。偶然此樹同温室，豈少餘材聚鄧林。數仞宫牆窺不見，媿從《下里》和高吟。

贈别郭于宫

我初耳君名，識面悵猶未。吴中忽逅邂，衰懦增慨愾。纏綿一臂交，傾倒兩心既。顧歡同年舊，莫逆笑相謂。辛巳四月，君偕書宣至姑蘇，始訂交焉。謂是我輩人，拔茅當以彙。出其囊中什，字字抉肝胃。豁達淮海風，鬱蟠河岳氣。儕觀狎唐宋，方駕希晉魏〔一〕。獨立千丈姿，昂然表凡卉。私心驚且喜，固是吾所畏。朅來京洛間，領略彌有味。顧今不可作，語及必長喟。孰使顧不亡，得君深自慰。時時小扣擊，枯槁霑一溉。亦復不靳予，情同采葑菲。生逢右文代，多士雲靉靆。《瀟湘》賦何涓，《古鏡》吟潘緯。公車召方朔，書學徵米芾。君亦預承恩，南薰食官餼。明堂儲杞梓，丹雘視塗塈。大海終掣鯨，蘭苕聊集翡。舉場昨俯就，抱璞仍刖跰。多君失意來，辭色少怨誹。平生學問力，胸自判涇渭。頗怪窮孟郊，甘稱溧陽尉。驥雖仰芻秣，鴻肯離羅罻。計決勇告歸，會機適天乞。叶去，會機，出《唐書·劉文静傳》。金源舊文獻，蕪没幾蒿蔚。上賴野史翁，流傳得髣髴。補亡千載下，自任一何毅。零落四千篇，緝紉成繪繢。君於《中州集》之外，復搜輯金人詩二千餘篇〔二〕，進呈御覽。圖經佛道藏，搜採靡不暨。經進卷倍前，乙覽爲增欷。隨身給書局，紙價往應貴。汗漫鏤板期，艱難治裝費。若人富才藻，所乏乃資扉。崔硯幸勿焚，萊服行且衣。歸與洵可樂，貧也何足諱。緑楊暗河橋，萬樹蜩螗沸。南風吹祖帳，好雨洗林熂。掉頭君其仙，炙背我如熨。倘念酒人遊，尺書及塵韭。

〔一〕「方」，《原稿》作「高」。
〔二〕「二」，《原稿》作「四」。

同年錢絅菴舉幼子年月日皆與余同因命名同初六月八日爲湯餅之會席上戲贈

老籛年踰五十矣，二月抱孫五月子。今年二月錢先得孫。子生距我六十年，月日皆同時異耳。人生墮地如轉環，風雨小劫須臾間。醵錢去作湯餅會，爲爾聊破囊中慳。我今蚤衰似蒲柳，玉雪蘭芽羨渠有。生兒若要與渠同，一笑還須十年後。絅菴小余十歲，故戲語云：「十年以後，安知余不生一子，與君稱『同年』乎？」老繆造此口業，罪過，罪過。

送同年唐益功出宰德清十八韻

荆川嫡派承家學，經濟文章孰比優。忝附同年成進士，欣看鄰境得賢侯。是邦約略吾能説，此去艱難爾勿愁。小吏兩三迎水遞，長亭五十接鄉郵。菰蒲影裏攜琴譜，菡萏香中發櫂謳。到邑不離黄篾舫，浮家且傍白蘋洲。俗經旱潦需仁政，天與谿山賦近游。千丈奇峯當案立，一支健水入城流。帆檣終繹疑官路，烟火微茫辨市樓。籬落鳩鳴茶足雨，野田雉雊麥先秋。風醒曉岸魚蝦賤〔一〕，葉暗農郊桑柘稠。碧甕村村工釀酒，紅裙箇箇善操舟。向來風物原如此，比日流亡稍復不？開廩屢蒙恩賑卹，催科聊緩歲徵求。瑟當急調絃須改，藥遇名醫病必瘳。預想居民多喜色，愧無贈策佐前籌。蟻封豈合長馳駿，鷄割何妨暫解牛。别有虚懷人未識，下車先爲訪南州。敝座師少宗伯徐公方致政里居，故云然。

〔一〕「醒」，疑誤，《原稿》作「鯹」。

送同年宫書升赴任臨汾

班聯銓序五人俱，捧檄娱親爾獨殊。登第三年先老鳳，得官千里試名駒。蓮花舊洞真仙宅，蟋蟀餘風古帝都。矯首共看汾水上，一雙飛舄是王喬。同年謁選者五人，惟書升得善地。

送同年歸既垣之任西華

侯封兩襲漢東京，後漢鄧晨、鄧閶皆封西華侯，事載《本傳》。《水經注》專屬鄧晨者，失考也。百里今傳小縣名。却羨鳴琴來宓子，真堪捧檄慰毛生。太行北望渾連塞，洧水西流不到城。見説中牟壤相接，莫教卓茂擅循聲。

藥苗初茁

一片苔封蝃蝀橋，汲從甘井手親澆。金波處士如相過，莫畫狸奴損藥苗。《圖繪寶鑑》：「宋李藹之號『金波處士』，喜畫猫于藥苗間。」

暴　雨

的瀝初聞傍枕幃，忽拋響瓦萬珠璣。虹霓故壯崇朝勢，草木羣蘇一震威。漏屋移床非故處，破窗穿紙入餘飛。雲開日出須臾事，贏得新涼暫透衣。

院長從口外寄餉灤鯽十二尾雨窗憶舊吟成七言長律十六韵

無端枕上豐年夢，果有嘉魚致碧潯。荷葉解包腴未減，鹽花初腊味尤深。入關雨後蹄雙蹬，粥市朝來尾一金。射鮒故知同井谷，《魏都賦》：「雖復臨河而釣鯉，無異射鮒于井谷。」揚艫豈必盡青林。《水經注》：「蕲州廣濟青林湖，鯽魚大者二尺，可止寒熱。」每思長夏同垂釣，不比嚴冬試落碪。塞柳柔條三尺踠，灤河新漲半篙侵。賞花作賦榮曾預，貫笠披簑力頗任。躍藻莘莘看得雋，駢頭戢戢快生擒。憶癸未六月，扈從熱河釣魚事。烹鮮屢飫天厨饌，配酒兼叨内侍斟。憶乙酉、丙戌夏秋之間，行宫侍宴事。白首重回成往事，素書頻剖荷佳音。鮓封倍覺分甘厚，鐵化寧愁遠信沈。長鋏人嗤緱是蒯，直鈎吾敢曲爲針。尚餘截竹爲竿手，可有臨淵結網心。口業不停如宿債，詩題纔到便微吟。行當召客充枰案，底用呼童溉釜鬵。饋食例應煩十五，加餐還望使重臨。《儀禮·少牢饋食禮》：「魚用鮒，十有五而俎。」今尚欠其三，故結語戲及之。

送沈岱瞻赴任寶坻

與君忝同年，生長同里閈。知君孰如我，骨肉情豈但。先公昔登朝，名第南宫冠。鳳毛看再刷，省吏識珂傘。謂宜上金鑾，繼世典詞翰。却將著作手，移畫紙尾判。得官向京東，舄鹵傍海岸。古來畿赤地，風俗率鷙駻。太剛慮争勝，過弱恐示玩。自從羅畢繁，俯仰魚鳥亂。須令静以族，毋致淰而涣。雖殊南陽鄉，圖牒行可按。業田湯沐賜，錯壤居大半。莊户接膏腴，農疇雜耕爨。并兼聽豪右，鰥寡詎宜犴。人疑作令難，簿領苦堆案。子雖軀短小，其氣乃精悍。才長百事能，所少非此段。望君期月最，許我一辭贊。疑網破二三，貞固事足幹。初如迎刃解，既過春冰泮。《夏書》納秸服，《周禮》掌灰炭。瑣碎攬大綱，豈其銖絫筭。情深不自禁，語出背沾汗。芻蕘倘可收，幸勿怖河漢。

送大司寇張景峰前輩罷官歸韓城二首

其　一

朝典推糾職，皇仁體好生。事關同列忌，公視一官輕。已抱回天意，休高去國名。應同白司寇，家世説韓城。白樂天以刑部尚書致仕，按《唐書》本傳，其先本家韓城。

其　二

槐棘論三叉，雷霆竟獨當。不聞廷辯語，自拜乞休章。祖道千人帳，秋風一葉裝。大臣傳軌範，投劾便還鄉。

九十翁王德園輓詞上元人。其孫元蘅，己丑進士。

門風本是烏衣巷，九十傳經比伏生。壯日看花朋舊盡，老年種竹子孫成。有子五人，孫七人。

社中天與耆英壽，身後人傳著述名。存歿於翁兩無憾，同時銘誄半公卿。

送同年朱明原宰永城二首

其一

淮徐封壤接，芒野舊稱饒。風俗酇侯國，人家薛疃橋。近聞成巨浸，行見布新條。膏雨隨車去，謳歌徧黍苗。

其二

亳社來陳寔，桐鄉得仲卿。苦辛憐舊尹，謂唐殿宣。慈愛播先聲。世羨成名早，官因奉母榮。古來循吏傳，所重是書生。

送馮文子南歸時改就教職

計偕憐七上，屈就廣文氈。舊事青燈外，歸程白雁前。救貧無善策，攬鏡得衰年。杯酒平生分，臨岐意缺然。

六月杪于庭前後種竹兩叢入秋積雨忽生笋五株旬來森然成竹矣時方移寓作詩志之

兩叢竹種庭南北，土淺泥融尚露根。暫借清陰障炎氣，遽看稺節破苔痕。人情舊雨來賓客，家信秋風報子孫。時大兒婦挈諸孫將至。珍重老夫臨别意，歲寒冰雪不勝繁。

别雙槐四十韻（一）

位置雙槐好，空庭洽恰宜。校三雖欠一，得偶不成奇。拂户交垂處，當窗並立時。遠疑孤榦合，高被四鄰知。匝匝重簷蓋，舒舒五丈旗。葉心還吐葉，枝亞復抽枝。次第徐敷蔭，縱横各逞奇。問年忘甲子，稱老曰期頤。屈伏蹲踞獸，深蟠偃蹇螭。藤輪銜宿瘤，琴蚪斷皰皮。晝聶輕烟蓄，宵炕暗露披。希間星或漏，密布管難窺。蟬翳俄留蜕，蟲來遽引絲。啄枯巢有鵲，撼大穴無蚍。日月東西照，陰晴旦晚移。向來便嬾惰，端賴拒炎曦。張王貧官氣，遮藏陋室基。寓形粗當瓦，取義合名簃。步幛奢從設，凉棚儉省支。展鋪新笛簟，抖擻敝書帷。四角行攤飯，中央坐賭碁。受風堪屏翣，經雨爲添絺。濃翠濡茶盞，嬌黄墮酒巵。愛花勤汛掃，弄影故參差。忙閲名場速，閒叨造化私。桑榆收暮景，蒲柳警秋姿。

物理循環具，天心屈指推。稍聞聲𥁕𥁕，旋見莢垂垂。彼美真無度，吾貪已不貲。描摹虛畫手，贊嘆少妍辭。但使居能久，休論種自誰。棟梁寧缺用，節目亦奚施。匠石慚頻睨，樵斤幸勿斯。僦居初爲此，覓地更何之。跡在終漂梗，神傷未解縻。依回經宿戀，摇蕩隔年期。晤對曾賓主，吁嗟奈別離。筏應難遂捨，樹即是相思。鴻爪留齋笏，蝸涎認履綦。後來須護惜，看取壁間詩。

〔一〕按，《原稿》題下有小注：「時將移寓。」